梨花飘过

刘钦远 著

吉林文史出版社
JILIN WENSHI CHUBANSHE

图书在版编目（ＣＩＰ）数据

梨花飘过 / 刘钦远著. -- 长春 ：吉林文史出版社，
2021.8
    ISBN 978-7-5472-7980-9

    Ⅰ．①梨… Ⅱ．①刘… Ⅲ．①长篇小说—中国—当代
Ⅳ．①I247.5

中国版本图书馆 CIP 数据核字(2021)第 166966 号

书　名	LIHUA PIAOGUO **梨花飘过**	
著　者	刘钦远	
责任编辑	高冰若	
封面设计	如　杰	
出版发行	吉林文史出版社	
地　址	长春市福祉大路 57886 号　邮编：130118	
网　址	www.jlws.com.cn	
印　刷	潍坊新天地印务有限公司	
开　本	710mm×1000mm　　1/16	
印　张	11.25	
字　数	99 千字	
版　次	2021 年 8 月第 1 版　2021 年 8 月第 1 次印刷	
书　号	ISBN978-7-5472-7980-9	
定　价	68.00 元	

梨花飘过

（本故事纯属虚构，请勿对号入座）

引　子

在鲁东南黄海之滨,有一个小村落,隐藏在满山遍野的梨花丛中。每年东风浩荡时节,小村的空气里便弥漫着令人心醉的梨花香味。

村子很小,房屋参差,街巷纵横,颇具古风。

麻雀虽小,五脏俱全。这个五十来户叫梨花湾的小村落,没有值得炫耀的历史,没有辉煌的战事。但是生活在这片土地上的纯朴的乡邻,依旧演绎着一些耐人寻味的故事。

目　录

第 一 章

（一）

　　造物主对天下万物都是公平的，当然亦忘不了这个偏僻的小山村。阳春三月,梨花开了,将田野装扮成美丽的俏姑娘,美得醉人。

　　傍晚时分,争艳卖俏了一天的梨花微微地收敛了她的风姿,悄悄躲进朦胧的夜色之中。

　　这时候，陈金花踏着一层薄雾急匆匆来到村口一棵老梨树下。她无心留恋这醉人的气息,额头上的汗水顺着她那略显憔悴的白净的脸庞滑下。

　　她在一棵老梨树下停住了脚，伸出由于过度操劳而略显粗糙的小手,将披散在额头上的刘海拨到一边,用她的蓝碎花上衣前襟擦了擦脸,长出了一口气,又抬头望了望满树的梨花,叹了一口气。一阵风刮过,老梨树发出一阵呜呜的鸣叫,像是在回应她的叹息。

　　这棵树虽形容苍老,却枝繁叶茂,据村里老人讲,它已有几百年历史。多少年来,这棵老梨树一直是村里人的骄傲。每年结的果子连三岁孩童也不会动一个，任它自生自落。由于村子土厚水深，这棵树主干粗壮，树冠大得惊人。老梨树下是全村二百来人活动的场所。纳凉、歇息、吃饭、开会、学习。天长日久，树下突起的老根和地上突起的高坎，竟形成了一个个光滑的化石样的屁股标记。每个懂事前的孩子都受过这样的启蒙教育："这树是咱村的标记，它能保佑咱村兴旺发达哩。"几百年的岁月，天灾人祸都没能使梨树屈服，年年扬枝展叶，岁岁竞花吐果。所有外出做工谋生的人，每每说起家乡来，总忘不了说一下梨花湾老梨树的传说："有一个孩子在树上玩儿，家人来喊他回家吃饭，顺着树干找去，见孩子正抱着树梢在东海里洗澡呢！"

当然这是杜撰的故事，梨花湾坐落在黄海之滨，离日照海滩不足三十公里，但老人们的想象力还是相当惊人的。而正是有了老梨树，才有了梨花湾的村名。现在村里大大小小的梨园，都是近几年才兴建的，树龄最长的也不过十几年。

陈金花在心里默默地许了个愿，不过这个愿不知她许过多少次却总也没能如愿。许愿是因为她丈夫的病，也是她的心病。

"他嫂子，抓药来？"不知啥时候，村里的快嘴大娘佝偻着身子站在了她旁边。快嘴大娘今年六十二岁，身材精瘦，伶牙俐齿。她丈夫李顺利是位退休老干部，曾经在县里的供销部门干过，几个孩子都在外地工作。李顺利退休后无事可干，便将村里的一个废弃的鱼塘承包下来，每年给村里千儿八百的钱，这在20世纪

80 年代初期的小山村是个了不得的大营生。老两口承包了鱼塘，生活很是宽松。老夫老妻相濡以沫几十年从来没有红过脸。她不必像大多数村妇一样为生计担忧，也不必像其他家庭妇女一样天天围着锅台转，两个人的日子很简单。快嘴大娘的身子骨很是硬朗，浑身有使不完的劲儿，茶余饭后便当起村里的义务新闻报道员。谁在外面打工病了，谁家里两口子打架了，谁偷别人的东西了……不消几个时辰，小村便会人人皆晓。她是那种刀子嘴豆腐心式的人物，具有侠义之心，好做仗义之事，家长里短、邻里纠纷，她都往前凑，好打抱不平。村里人都感觉离不开她，无论大人小孩都尊称她为"快嘴大娘"。

听到声音，陈金花扭头一看，见是快嘴大娘，便叹着气答应一声。

"孩子，有啥难处尽管说，我和你大爷日子好过一些，我们有钱存着呢。"

"是哩，大娘。"陈金花抬起疲惫的脸，很是感动。这世上有几个人能活得像大娘一样坦坦荡荡呢？在自己最危难的时候，大娘总是及时出现在自己身边，给自己带来了多少安慰呀。

从小没出过远门的陈金花，因为丈夫的病四处奔波。这不，她刚从四十里外的一个有名的乡村老中医那儿回来，手里还拎着一大包中草药。

王得发的发病有些蹊跷，据说那天从岳父家喝酒回来后就突然得了一种怪病,不吃不喝,昏睡两天才醒过来。两天中,叫他一声,他答一声,翻个身又呼呼大睡,也不像生病。所以,在许多长辈们的阻拦下,没敢往医院送,等他清醒时便变得神经兮兮了。这病时好时坏,有时像个正常人,有时便发呆犯傻,胡言乱语,说自己是天神爷爷下凡尘。

王得发原来在城里做临时工,他长得一表人才,经人撮合认识了陈金花,发狂似的爱上了她。王得发家在这个小村里是数得着的殷实户,新房都预备好啦。但是,那会儿陈金花心里却是另有所属,她在下洼镇与同学赵芳并称"两朵金花",非常要好,俩人同时暗恋同学张一山。后来张一山南下去了深圳打工,在回家探亲时却与赵芳迅速订婚,陈金花只好打碎牙齿往肚子里咽,有泪往心里流,心里暗暗后悔没有主动表白。看到赵芳要嫁到梨花湾,她考虑到与王得发成了后可以与赵芳、一山待在一起,便勉勉强强答应嫁给王得发。后来她才了解,赵芳与一山订婚时便声明,结婚后一山必须住到下洼镇,一山也同意了,心里便有点后悔。但是既然当了人家的媳妇,就要好好过日子,可陈金花天生就不是吃苦的料。男人在城里做工每年挣个几百元钱贴补家用,三天两头往家跑,帮她种那几亩地,日子倒也不是特别寒酸。陈金花怀孕后,便不再让男人东跑西颠,天天在家陪着她。王得发对陈金花百依百顺,想方设法满足她。小两口吃香喝辣,日子日见窘迫起来。

4

王得发的爹王老三和他娘刘月英很会过日子。据王老三讲，生老大王久穷的时候生活穷苦，为了能有个好光景故意给孩子起名叫久穷。也真怪，自有了久穷，光景便一日好似一日。于是，第二个孩子便理所当然叫得发了。第三个孩子叫感谢，以示感谢上苍对他家的恩惠。

自从陈金花过门后，王老三就把王久穷和王得发分出去了，跟前留了个刚从高中毕业的王感谢。王久穷有个能干的老婆，两口子带着个小孩，养了一头老母牛、三只奶羊，还有一窝猪，王久穷还在村委里当了点差使，多少有点工资收入，家境也算殷实。对得发这个穷弟弟，王久穷向来没有过好脸，一见就躲得远远的。

王得发人挺老实、善良，从小没受过多少罪，对父母依赖惯了，乍一分开就像失去了主心骨，对生计一筹莫展。开始时父母还给他一些接济，日子一久刘月英便声明不再管了，第三个儿子感谢还要成家，还没完成任务，自己的日子只能自己过。

不久，陈金花生下了儿子宝贵。此后，她的全部心思都用在了孩子身上，屎一把尿一把，把家里折腾得一团糟。因为生计艰难，陈金花情绪不好，时常责怪王得发不像个男人，不能持家理家，花拳绣腿，中看不中用。王得发便经常生闷气。

日子一天天过去，小宝贵也一天天长大。王得发和陈金花的日子虽没大的起色，但也不至于挨饥受饿。不承想，王得发却得上了怪病。

王得发这病时好时坏。犯病的时候,痴痴呆呆,不大说话,饭量惊人,吃饱了就睡,像个猪似的。

陈金花所有的方法都用上了,王得发的病情终于有了转机,他好似一下子大悟大彻,天天嚷嚷自己要当厂长经理。不久又把家里的黑白电视机和大衣柜拉到集市上卖了,又从朋友那里借了点钱,拉了一车烟酒糖茶回家,把自家房子后墙开了个大洞,用红笔在洁白的后墙上写上几个大字:得发食品有限公司,像墙壁上渗出的血印,让人有一种阴森森的感觉。有经验的老人说:"这孩子完啦,他是让生计给逼的啊!"大家互相叹息,摇几下头,对王得发寄予无限同情。

村里的人们可怜王得发,都到他那里买东西,原有的一家杂货店也退出竞争,关门大吉。

陈金花倒也喜欢丈夫风风火火鼓捣起来的固定资产不足千元的公司,时常带着儿子宝贵在柜台前卖货。一时间,家里似乎有了一些生机,她似乎也有了盼头。但好景不长,因王得发发财心切,喜欢搞些往白酒里掺水、往酱油里加盐加水的勾当。事情败露,村人便不再光顾。原先为照顾他关门的那家小卖部又重新开张。"得发食品有限公司"被迫流落街头,成了被一辆吱吱作响的排子车拖着的流动货摊。不多久,便宣告破产。

王得发破产后,用那些剩下的商品换了一辆除了喇叭不响全身都叫个不停的摩托车,开来开去绕街乱窜,最后被刘月英用笤帚疙瘩逼着退给了人家。

尽管得了病,王得发的思维却异常活跃,有时想当个作家,便把自己关在屋里硬是造出了一部几十万字的大作,请退休老干部李顺利修改,李顺利干了几十年的供销,爱看《人民日报》什么的,在小村很有名望,老少爷们都叫他"老干部"。李顺利对这事很是重视,戴着老花镜认认真真地看了几个通宵说还行。王得发给老干部送去了家中仅有的两瓶烧酒,把稿子修改润色重新誊写后寄给了一家出版社,然后天天到村头老梨树下等送信的邮差。

小村人公认王得发得了精神病。王老三、刘月英与陈金花商议,决定送他去精神病医院治疗。一个雾蒙蒙的早晨,几个青壮年费了九牛二虎之力才把大嚷大叫的王得发五花大绑地送去了精神病医院。

送走王得发那天,陈金花哭得惊天动地。

(二)

这个时候,那个在深圳打工后来又考入某区委宣传部担任宣传科干事的张一山回家探亲了,他得知老同学陈金花的境遇大为感慨,等见到她那憔悴的形象更是吃惊不小。在他印象中,陈金花是那种白净净胖嘟嘟的漂亮女人,张一山是那种自我感觉良好的角儿,从小就惹是生非。有一次他把一个不大听话的小姑娘的头敲出个茶碗大的口子,他爹张老憨提着一只鸡上门赔罪,才获得谅解。从那以后,他对那女孩特别好,天天陪着她,发誓做她的保护神,甚至连她解手时也在近处保护。最后,还是让人家父母在上学路上堵着扇了他几巴掌,让他发誓不再纠缠人家才算完。不过一山学习特别好,脑瓜聪明,尤其是作文好,被同学们誉为"文学家",赵芳和陈金花就是那时对一山开始崇拜的。可惜的是"文学家"太自满了,最后落得他"保护"大了的那女孩离开了他,找了比他富有的男人,他一气之下去了深圳。

张一山倒也争气,他到了深圳,先在一家工厂上班,因为略有文采,加上头脑活络,不久便找到一份很满意的工作,自觉光环缠身,荣耀无比。回家探亲时硬是吹得左邻右舍亲朋好友无人不知,赵芳更是芳心大乱。一山趁热打铁,往赵芳家跑了几趟,用几篇见了铅字的文章把赵芳的那颗芳心撩拨得狂跳不已。一山看时机成熟,便托快嘴大娘提亲。赵芳的爹在镇办陶瓷厂任生产副厂长,并不十分满意张一山,他本想让赵芳从厂里找个有作为的青年,留在身边也好有个帮手。赵芳从小就很有主见,她母亲在她十多岁时便去世了,娘死后赵芳便没有了上学的心思,初中没上完便辍学了,在陶瓷厂上了一段时间班,便在家里操持家务。赵芳爹不愿意让孩子伤心,虽然满心不欢喜张一山,但还是硬着头皮答应了。

于是走了一下过场,在一山探家期快满的时候匆匆订了婚。那个时候,张一山还不知道同学陈金花也在暗暗地恋着自己。

一山的父亲张老憨二十四岁就当了公社民兵营营长,也是一呼百应的角儿,在四邻八舍中也是蛮风光的。只因在外站岗时烧地瓜吃引起大火,把哨棚烧了个精光,于是,他的政治生涯便宣告结束。

那时的张老憨双手能各拎一盘石磨,双胳肢窝能各夹一麻袋小麦。同时,他还会制作石磨(磨煎饼糊的石磨家家户户离不了,所以这种手艺能换饭吃),更是种地的好手,刚好和一山他娘一个队。张老憨毕竟见过世面,又会讲笑话,很能吸引姑娘的芳心,就这么娶了个小他八岁的黄花闺女,于是一河、一山、二山、二河四个儿女相继出生。

张一山邪头归邪头,对父母却极为孝敬,对父亲的一身蛮力气也惧怕几分,在唯一的一次交手中占了上风还是二山帮忙。那次起因是因为张老憨喝醉酒,一山娘埋怨了两句,他顺手给了老伴一个耳光。看着悲恸欲绝的娘,看着在院中咆哮的父亲,一山瞪着一双红红的眼睛,猛扑上去抱住乱蹦乱跳的爹,二山麻利地拿了根绳子把爹捆在院中那盘石磨上。兄弟俩对着吹胡子瞪眼的父亲大声嚷嚷:"看你还敢欺负我娘不!"一山娘像疯了似的扑到丈夫的身上解绳子,一边骂道:"你们这两个畜牲!"兄弟俩吓得齐刷刷地跪下了。

张一山的不孝只是表现在娶媳妇这件事上,不怎么合老人的意。老人们觉得赵芳太嫩了,还是镇上的大户人家,门不当户不对。一山为追求个人终身幸福不得不把孝往后靠了靠,说这辈子就看上赵芳了,非她不娶,老人们没办法只得答应了。

对于赵芳,一山娘说太艳了,养不住。这一点,她小觑了儿子的能耐。只是老人们也许不知道,在这之前的许多时日里,一山不知在老梨树下向赵芳吹过多少牛皮呢。

溺水的人看见根稻草也会紧紧抓住不放,陈金花面对探家回来的张一山,心中的怨恨、委屈一股脑儿涌上心头,禁不住涕泪横流。

一山心中竟生出无限爱恋,用他那双握笔杆的手拍了拍陈金花抽动不已的肩头,强咽下涌到嘴边的口水,叹息几声,说了几句不痛不痒的话,便不吭声了。

"我也不知咋回事,啥事都想跟你说。"陈金花把伤心事倒尽后才发觉自己有点失态,脸微微一红。

"你这样我才高兴,谁让咱俩有缘呢!"

"也是,上学咱俩同桌,嫁人又嫁到你们村,要是我那个死鬼丈夫有你一半就好啦。"

"瞎说,我除了心好之外一无是处。"一山坏坏地笑了。

"你还没改你那吊儿郎当的坏毛病。"陈金花也笑了,抹去眼角上残存的泪痕,"一山,你去赵芳家没?"

"还没哪。"

"你得赶紧去,人家芳姐可想你啦,她经常对我念叨你的好处。"

"难道你就不想我?"一山瞪着一双不大但很有神的眼睛自信地望着她。

"你胡说啥?让芳姐听到了还了得!"陈金花吓了一跳,但并没有躲开一山的目光,反而用自己那双火一样的眼睛盯着一山。

"我订婚早了,当时也不知咋想的!"

"可不敢这么说,这都是命!"陈金花像是对一山说又像是对自己说。

(三)

这天中午,饭桌上只有一山和张老憨老两口,仨人盘腿坐在土炕上,心里和这炕一样热乎乎的。农村老人喜欢睡炕,虽然现在光景好了,但也不过是顺应潮流在炕上铺上地板革,代替以往的席子。一山一边吃饭,一边说着深圳的新鲜事。

"快点吃吧,吃完了好去你对象家。"娘催他。

"本来在深圳吃饭挺快的,到了家总觉得有许多话说,要慢慢品尝家庭的温暖。"一山说着,眼角热乎起来。

"随他去吧,反正他在家里要待一段时间,有的是时间,咱们不能剃头挑子一头热。对女方家,咱不能太热乎了。"张老憨对老伴嘟囔了几句,起身上坡干活去了。

吃过饭,张一山来到赵芳家,见过了赵芳的爹和她的妹妹、弟弟,闲拉了一会儿呱。他们也是刚刚吃过饭,赵芳的妹妹和弟弟在陶瓷厂上班。这两年镇办工厂效益不是太好,厂子经常上半天班。赵芳爹说厂子有事就先走了。

"出去走走吧,家里闷得慌。"一山跟赵芳说。

"来这一会儿工夫就闷了?"赵芳不愿意了,有点生气地说。

"我不是这个意思,我是说外面空气好。"一山赶紧赔着笑脸。

两人漫步在村前小路上,好一阵时间都默默无语。

不远处有一块长着青草的洼地,周围是两道山梁。一山说:"咱们到洼地坐坐吧,上面风大。"赵芳依了他。俩人来到背风处,找了片干净的草地坐了下来。

一山静静地看着赵芳微微飘起的刘海、红润娇美的脸蛋、两颗扑闪扑闪的大眼睛。他突然发现,赵芳的眼睛是闪烁着的一对月亮,里面盛满了醉人的桂花酒。他不由得想起了一位文友对他吟的那首诗:

听说,太阳掉进水里

便成了月亮

有位少女

走近水边

月亮掉进了眼里

溶成了浓浓的桂花酒

此时,那少女便是赵芳了。一山想道。

乡村姑娘真动了感情,使你绝不会相信她是土生土长的农家女。那份感情宛如山中泄下的清溪蜿蜒绵长。一山吸吮着醉人的吻、醉人的风和醉人的泥土清香。

一山一发不可收拾,却遭到了她猛烈的拒绝。

"早晚还不是那回事?"一山歪嘴一笑,笑得那么油滑。

"你,你是这么看?"赵芳一骨碌爬起来,用手捋了捋被一山弄乱的头发,整了整衣衫,朝一山瞪圆一双美丽的杏眼。

"这,这又怎么啦?"一山嚷道,"你真是小题大做!"

"你,你真让我伤心!"赵芳气得胸脯不住地起伏。

看着赵芳那份认真劲,一山禁不住觉得好笑。这时候,他想起了一位著名文学家说的一段话:爱你又抗拒你的女人是爱你不深;爱你很深但又抗拒你的女人是唯恐你爱她不深;爱你很深且不抗拒你的女人是怕失去你的女人;既不抗拒你又不主动的女人是可与不可的女人。他不知道赵芳属于哪种女人,或许是第二种吧。

一山自觉有点无趣,有点兴味索然。俩人好半天谁也不再说话。过了一会儿,他又理解了赵芳的所作所为。一个农家姑娘对贞操所持的最起码的态度,就是一旦失身,又不能嫁给他,就是一辈子的沉重枷锁。

想到这里，一山不由得怀疑自己能不能与赵芳共同步入婚姻的殿堂，他发现她内心深处对感情有一种排斥，这也许与她过早地操持家务有关。一山忽然觉得与赵芳在一起有些压抑，不如和陈金花一起吹牛那么放肆，那么无羁无绊。

他感到非常无聊，不太自然地与赵芳说了一些不痛不痒的话，便要回家。

“怎么，你不在我家吃饭？”赵芳感到非常奇怪。按常理来说，一山回趟家不容易，上女方家怎么着也该吃顿饭，顺便与未来的“老泰山”喝两杯，叙叙感情才对。

“我，我不太好意思，见了老岳父不知该说什么哩。”一山不太自然地搔搔头说，“尤其是今天发生了这事。”

“这算什么？”赵芳噘起了小嘴。

“我……我还是回家吧。”

“随你便吧。”赵芳两眼红红地瞅着一山，有点生气了。一山耷拉着头，一言不发。

（四）

一山瞒着家里人偷偷去看陈金花。他讪讪地在屋里屋外转了半天，悄悄将二百元钱放到炕上便走了。

这以后，张一山又去过几回陈金花家。

这些事都是快嘴大娘报道的。一山去深圳当兵前曾救过她的命。当时的一山是初生牛犊，在田间耕作有用不完的能量，便免不了到处转悠释放一下。这天到李顺利家中借书和报纸，见到李顺利躺在炕上人事不醒，炕沿上歪斜着快嘴大娘，脚下是打碎了的饭碗。一山吓了一跳，急得乱窜，他到做饭的屋一看煤炉没有盖盖，意识到二人是煤气中毒，于是将煤炉搬到天井里，又打开所有的门窗。发觉效果不大，便将两位老人连拖带抱弄到外面，这才撒开脚丫子去找村里的赤脚医生。等医生赶来后两位老人已经是半醒不醒的样子。医生看了看，说没必要往医院送了，再吹一会儿风就好了。等老人们醒了，医生说明了原委，把快嘴大娘感动得抱着一山不放。自那以后，一山就像她的儿子一样。一山去深圳那天，快嘴大娘哭得很伤心，看到一山找不到媳妇，快嘴大娘比谁都着急。有一次，有个姑娘看上了一山，一山没应口，气得快嘴大娘抄起笤帚疙瘩把一山打了一顿。一山一边跺脚一边说："大娘，我这么大啦，你还打我？""不结婚就是孩子，就该打。"母亲在一边摇旗呐喊。快嘴大娘唯一高兴的事就是促成了一山与赵芳的婚事。

所以，一山回来后这些日子里的举动，大娘看着哩。

一山闲着没事的时候，便在村中几条街上转悠。转悠来逛荡去，终点总是陈金花家门口。

这一天，他鼓足勇气正要打开那两扇黑漆木门的时候，见一个人一瘸一拐挪到他跟前。原来是村里的小拉八。小拉八原名叫李娃,由于身有残疾,走路两条腿呈"八"字形,村人都叫他"小拉八",时间长了,竟把他的名字忘了,他自己也习惯了别人给他起的外号。小拉八和一山同岁,小时候在快嘴大娘如今承包的鱼塘里洗澡,那会儿两人也就十二岁左右,看着小拉八在水中挣扎,一山就扎了个猛子把小拉八推到岸边,差点连自己的命搭上。

"嗨嗨,你回来啦?"小拉八咧开嘴巴道。

"回来啦,你干啥去?"一山皱了皱眉头,他看不惯当年小伙伴的邋遢样。

"我没事,转转,嗨,转转……嗨嗨。"小拉八又吧嗒了一下嘴,"一山,还是你出去闯好哩,又好看又能吃饱饭……嘿嘿!"

不知怎的,一山见到小拉八心里就不是个滋味,有时后悔当时救了他。因为现在小拉八过得很不好,身体又有残疾,这样的人在农村里生活非常不易,多数是连媳妇也娶不上。他已经从爹的口中知道了一些小拉八的事。他现在跟着快六十岁的老爹过日子,夏秋季节会帮着已经结婚成家的大哥放牛做点零活。

小拉八小时候,大哥在外当兵,家中有个姐姐出落得白净净、水灵灵,在四疃八乡很有名气,对这个残疾弟弟倍加呵护。他姐姐爱上了本村一位念过书的青年,由于男方家穷,小拉八的父母不同意,经常打骂她,逼迫她与男方断绝关系。在外当兵的大哥也不同意妹妹自己搞的对象。姑娘不堪忍受折磨,硬生生喝了半瓶敌敌畏,她娘一看闺女喝了药,头脑一热跟着喝了剩下的半斤,娘俩双双命归黄泉。那个家从那时候便开始衰败下来。大哥当兵回来后,鼓捣了一阵也没翻过身,还欠了一屁股债务,好不容易砸锅卖铁娶上了媳妇。倒是小拉八姐姐爱上的那个青年因为有文化,成了村里的会计,又勤劳能干,后来娶了邻村一位很漂亮的姑娘,日子过得红红火火。

"我那嫂子没来?嘿嘿……好久没见她来了。"小拉八很喜欢赵芳,因为赵芳是唯一叫他真名的女孩。赵芳第一次来一山家时,小拉八正在梨树下坐着,一山出于客气说这是李娃,是小学同学。以后赵芳见到小拉八总是喊"李娃兄弟",而不是人们常喊的"小拉八"。为这,小拉八逢人便说赵芳姑娘心好,一山有福气找了个好媳妇。

"过几天才来呢。"

"你啥时结婚,嘿嘿!"小拉八想多与一山说会儿话。

"再说吧。"一山有点不耐烦地说。

"到时别忘了叫我,嘿嘿……我想喝你们的喜酒哩!"小拉八见一山情绪不高,便怏怏地离开了。

"人呀,没法说。"看着小拉八远去的背影,一山摇了摇头,也没心思去陈金花家了,便迈着沉重的步子回了家。

（五）

王得发住进精神病医院后，大脑始终处于亢奋状态。他怎么也不明白，这个世界是怎么啦，怎么有这么多人来强迫他吃饭、睡觉、打针、吃药。他不习惯这种被强制和剥夺自由的生活。另外还有一个重要原因，就是陈金花离他是那么遥远。他那发达的四肢中充盈着一种说不出来的感觉，甚至会爆发出来。在一个朦胧的早晨，他偷偷跑回了家。

（六）

星期五晚上，在城里铸造厂做工的张二山歇班回家，爷仨便免不了喝两盅。没有外人，一山娘和妹妹二河都上了炕，全家人围在炕上，让一山觉得心里特别舒服。要知道，在梨花湾，来了客人，男人们喝酒女人一般不上桌，都是客人吃剩下后再吃。只有来了女客时女人们才能上桌吃饭。

"二山，城里的活累不累？"一山问。

"咱庄户人，从小吃苦惯啦，也没觉得多累。"

"一月开多少钱？"

"二百来块吧。"二山干了一盅酒，夹了一筷子菜。

"比你哥强多啦，我一月才二百多块。"

"哥,话不能这么说,你吃皇粮多光荣哩,你这是赚了便宜卖乖哩。"

"你哥就容易啦?一个人在外地,没有人疼没人爱的,苦着哩!"一山娘听二山的话不顺耳,忍不住插上一句。

"就是哩。"二河凑上来说,"哥,小妹敬你一杯。"

一山端起酒盅一饮而尽,抿着嘴唇说:"苦,也就是刚落脚时,举目无亲,苦一点,我倒是觉得深圳这片热土给予了我过去做梦也想不到的光景,给了我一个成长的极好环境,我感激着哩!"

"二哥,我也敬你一杯。小妹绣花,双手磨出老茧来,一个月才换百来块,人要知足哩。"

"我知道,现在干啥都不容易,挣钱难着哩!"二山又干了一盅。

张老憨自饮了一盅,吧嗒了一下嘴,没吭声。

"哥,东庄你是不是有个同学叫李兰玉?"二河想起什么似的问道。

"李兰玉?"

"跟你同学一年半,后来她蹲级啦,几年前嫁给了咱村王顺的二儿子。"二山接过话头说。

"我想起来了,她嫁到咱们村啦?我咋不知道?当时我还和她同过桌呢。"一山说道。

"你去南方那年来的,当时还不够结婚岁数,走后门才登上

19

记,现在孩子都好几岁啦!"一山娘说着,端过来一碗小米稀饭。

（七）

东庄有个姓陈的

养了几个铺炕的

冬天给人暖被窝

夏天帮人赶蚊子

王得发从精神病院逃回来后,整天在村里闲逛,不知不觉地成了"诗人",写完后自我感觉良好。过去山里人管女人叫铺炕的。陈老头一气生了七个铺炕的,最后才得了一个大儿子。在农村,谁家生了个女孩子,人家会说又是个小妮子。而谁家生了个男孩儿,逢人便说俺生了个大儿子。儿子再小也是大,女孩子再大也是小。陈老头家的七个铺炕的个个长得如花似玉,方圆几十里的人无不眼红。王得发从精神病院跑回来后,也没人再来找他,陈金花也不忍心再送他回去,便由着他在家里东混西混。

听说"作家"张一山回来,"诗人"王得发就像遇到了知音,天天往"作家"家里跑。张一山在外面闯荡了那么多年,加上确实对文学小有研究,把什么都吹得头头是道,把"诗人"唬得一愣一愣的。临走,"诗人"叹口气说:"唉,还是人家'作家'厉害,我不如也。"每每家里改善生活,"诗人"便恭恭敬敬地把"作家"请来。他与一山同岁,却逢人便夸"作家"如何如何厉害,天真得像三岁孩童。而他还不知道,"作家"一肚子花花肠子,时刻准备着给他戴一顶绿帽子呢。

这天,王得发把一山请到家,俩人海吹胡侃了一阵。一山的眼光一直在陈金花身上打转。陈金花感到不好意思了,悄悄将孩子拧哭,对王得发说,把孩子抱到下洼镇他姥姥家去,我一会儿还得上坡干活。王得发痛快地答应一声,抱起孩子就走,到门口时又回头对"作家"说:"等我晚上回来,咱哥俩再接着聊吧。"

"作家"一山笑了,笑得那么得意。

陈金花脸一红,给了一山一巴掌说:"你不是好东西。"

(八)

一山这次探家将多个假期合并在一起,待了将近一个月。

张老憨发现一山有事没事总在王得发家门口转悠,又闭口不提他与赵芳的婚事,心里很窝火。前天快嘴大娘来跟他唠嗑,说一山老往陈金花家里跑不是个事,让人看着不好看。再说,真弄出些风流事儿来,也对不住人家赵芳姑娘。张老憨便说我跟他说说。张老憨倒不是看出了什么端倪,也不是抓住了什么把柄,只是觉得这样不是好苗头,小村虽小,人言可畏啊。

这天早上起来后,张老憨把一山拉到葫芦架底下,塞给他五百元钱，郑重地说："你老大不小啦，老在家里转悠，这像什么话？你老往王得发家里跑干什么？你回来这么长时间，和人家赵芳姑娘一块待了几天？这是五百元钱，去和她一块进城买点衣服什么的。"

在家里一山还是比较乖顺的。再说，这几天他心情挺好，不愿意再跟父亲争个脸红脖子粗，何况也确实对不起赵芳，便答应下来。

一山到下洼镇赵芳家说明原委，看她家里只有一辆自行车，便说到一河姐那里再去推辆车子。张一河是张老憨的大女儿，高中毕业后本来能在公社联中干个民办教师，但教师名额来村里之后，被支部书记拦下了，给了他初中毕业的妹妹。但他妹妹实在干不了教师，只好去了校办工厂。一河只好继续在家干农活，后来在亲戚帮助下去了供销社干售货员。两人到了一河那里，可一河说让一山载着赵芳，故意不给一山自行车。赵芳说要早知道去城里的话她找辆顺路车。一山听这话可不愿意了，撇下赵芳自己往前走去。赵芳了解一山脾气，笑着对一河说了句"你瞧他那驴性"，便匆匆追上来。一山骑车载着她赌气走了一半路程，赵芳说要骑车载一山，一山"扑哧"一声笑了起来。

在城里，赵芳为一山买了鞋、腰带、夹克衫，而一山一样也没给赵芳买上。

出了百货大楼，天空飘起丝丝小雨，带着初秋的凉爽和柔情。

"还有四十多里路程,买把伞吧?"一山说。

"不买伞,咱们买个雨披吧。"

"那样骑车不方便,为什么不能买伞?"

"人家哪有买伞(散)的?"赵芳红着脸,扭头对一山说道。

想不到她还有点迷信,傻得可爱。难道不买伞该散的就不散了?一山这样想着,便依了赵芳。

等二人赶回家,天已经大黑。张老憨打着手电筒撑着把伞在村头迎接一山和赵芳。

回到家里,一山娘埋怨说,这么晚了才回来,千万别冻着,先把衣服换换吧。一边给俩人盛饭。

这顿饭吃得特别香,一山觉得。

晚上,一山和赵芳一直谈到深夜。东厢房突然停电,一山燃起蜡烛,平添一丝温馨和诗意。

"一个有烛光的晚上。"一山说。

"两个。"赵芳幽幽说道。

"你还真是记数。"一山嘿嘿笑了起来,加上订婚那晚,可不是两个有烛光的晚上嘛。

"该睡了。"她悄悄地说,两朵红晕飞上脸颊。

一山感到一种从没有过的冲动,大着胆子说:"我也在这睡!"

"你敢!"赵芳脱口而出,继而睁大眼睛看着一山。这是怎样的一张脸啊,带着成熟、调皮,更多的是玩世不恭。

说归说,她没赶一山走,自顾自地脱去外衣,钻到一山盖过的被窝里,麻利得像条泥鳅。

"这样好不好,咱们一人一床毯子,保证互不侵犯。过几天我就走了,咱们来个彻夜长谈,行不?"一山试图说服她。

她羞涩地说:"可不许胡来,说话算数,谁骗人谁是小狗!"

一山比她动作更快地脱去衣服。

就这样,她们各拥一床毯子,同躺一张床,头对着头,脸贴着脸,眼望着眼,心比着心。那一刻,一山心里盈满了说不出的兴奋、写不完的爱意、道不尽的情思。

"一山,我爹说了,空着的那四间房给我们住。"过了一会儿,赵芳眼角潮潮地对一山说,"咱们的事到底什么时候办?"

"到时再说吧。"一山知道赵芳的哥在新房落成那天被掉下来的横梁砸死了,那房子按迷信说法是凶宅,所以一直空着。他很在乎乡人的观念,认为到女方家去住就是"倒插门",在农村只有娶不上媳妇的男人才这样做。但他不愿意扫赵芳的兴、伤她的心,尤其是在这么一种氛围中。

"一山,你会不会感到后悔?这一切原本就是我的错。我知道你不是真心的,只是惑于一时的异性吸引,但我是爱你的!"

"嘘——"一山示意她不要再说话,唯有这宁静才是爱的真谛。

俩人的眼角都是潮湿的。

晚上十一点钟,夜虽不是很深,但山村已是万籁俱寂,只有不远处传来几声狗吠。两颗年轻的心怦怦跳着,似乎彼此都能听到。

这时候,一山似乎看到陈金花那肉嘟嘟白嫩嫩的脸冲他一乐,又落下两颗清泪。一山随即从陶醉中清醒过来。

"人真是奇怪的动物。"一山暗暗叹了口气。

几天后,怀着满腹惆怅,张一山离开梨花湾,返回深圳。

(九)

改革形势下

贫穷太无能

骑着蛟龙下大海

方显我辈之神通

王得发忘掉了不再作文的誓言,抽着烟诗兴大发。

第二天,王得发便约了一位在外干活时认识的朋友。俩人不知从哪里搞了一辆半新不旧的幸福二五〇摩托车,从小村呼啸而来呼啸而去,像骑上了蛟龙。村里好事者猜测,王得发学坏了,这车肯定是偷的,精神病人什么事也能干出来。不过这次村人们的猜测错了,据快嘴大娘从王得发兄弟那里得来的消息说,那天王得发他们几个在县城喝酒,出来的时候,正碰上一位喝醉酒的家伙摇摇晃晃骑着这辆摩托车过来,险些将王得发撞翻。王得发便叫道:"老兄,想干啥?"其实是想在朋友面前显示自己的能耐。那家伙便嚷着"老兄好久不见喽……"过来抱住王得发使劲摇晃。王得发便说借你的"驴"用用,那老兄极慷慨地说别客气,于是乎王得发便有了自己的"驴"。因为他即便是去还也不知道到哪里去找那个家伙。实际上,这车原本就是改装的黑车。

陈金花对自己的男人"惊天动地"的事业感到惶惑不安,总觉得要出什么事,心头怦怦直跳。她觉得自己丈夫虽然精神有问题,但还是个好人,不打人不骂人,比那些说人话不做人事的伪君子要强得多。

事实上,王得发本没什么大病,只不过是精神压力太大,让他成为一种兴奋型的狂想家罢了。

这天早上,太阳红透了东方天际,像涂上了浓重的胭脂。陈金花洗罢脸,望望天空,嘟囔了一句:"这老天不知又要出啥事哩。"

晚上十一点多,王得发红着眼睛,酒气冲天地跑回家,额头上流着殷红的血。

"我的天,这是咋啦?"陈金花慌了,像个母老虎似的扑上前去。

"死人啦,死人啦!我的天,吓死我啦!"王得发两眼发直,布满血丝,一把将陈金花推倒。

"钱!钱在哪?"他两只眼睛逼视着陈金花。

陈金花吓得两颊惨白，爬起来扑到他身上，摇荡着他。王得发全然没有了"诗人"气质，头发直立，满脸血污，像头受伤的野兽一样，翻箱倒柜，将家中仅有的准备买化肥的三十元钱揣进衣兜，转身跑出门外。

陈金花呆呆地看着王得发消失在门外夜色中。

第三天，几名警察找到她家，她才知道真相。原来王得发和那个朋友酒后归来，摩托车摔到山沟里，他的那个朋友摔死了，而他自己只擦破点皮流了一点血而已。出事之前有人看见王得发骑摩托车载过他。警察说本来也没啥大事，主要是找他了解点情况，他这一跑麻烦就大了，王得发回来后让他到公安局走一趟。

没过几天，王得发形容枯槁、精神委顿地回来了。经公安部门鉴定王得发当时处于发病状态，因此免除了王得发的责任，但强调必须送他进精神病院进行全面监管治疗。为此，陈金花再度负债三千元。这三千元让她大费周折。她找快嘴大娘借了一千元，找原来没借过钱的人家想方设法凑了一千元，剩下的一千元她考虑了几个晚上写信告知了一山。一山挺仗义，找人借了一千元钱给她。或许，这是他赎罪的方式，只有这样做才能让他的良心得到安宁。

第 二 章

(一)

人倒霉的时候,喝凉水都塞牙。陈金花自小没受多少苦,这一次算是把人生的苦楚尝尽了。几亩岭地,上肥、浇水、收割,还拖带着一个不懂事的孩子。她那俊俏的胖嘟嘟的脸不见了,取而代之的是枯黄的木鱼形的轮廓,让小村人谁见了都扭过头心里发酸。过去对她瞧着不顺眼的见了也是和风细雨地问一声"吃了",所有的怨恨烟消云散。只可惜那些血气方刚的男人怕招惹什么闲言碎语,空有一身力气只能消耗在夏日的阴凉、秋天的扑克牌、冬天的热炕头、春天的午觉上。只有小拉八李娃没有什么心眼,时不时地帮她干些力所能及的小活。

经过一段时间的精神病院生活,王得发变得沉默寡言,有时候甚至呆若木鸡。陈金花看在眼里,疼在心里。有几次执意要领他回家,但院方说公安局有交代,病不好不让走。陈金花万般无奈,眼瞅着王得发没有丝毫办法。

陈金花有时也领他上街转转,像领着个大孩子。不过后面还有精神病院的工作人员跟着。陈金花跟他说:"听话,过些日子咱就回家,不许乱跑,不许惹是生非。要不,就永远不要你回家。"王得发一个劲地点头。陈金花将带来的东西塞给王得发,尔后到院务处交住院费用,便闷闷不乐回家了。路过老梨树的时候,照例免不了祈祷一番。

(二)

你痛苦地呻吟
蜷曲着身子
泪已被蒸发
脸已被吞没

从何时起
情歌变得冗长冗长
从何时起
鸿雁再也无力张开翅膀

在那朝阳升起的地方
可曾记得童年的牧歌
满月时分
可曾想起一个遥远的朋友

无数次期待被狂涛淹没

沉重的双手再也无力捧起笔尖

苦涩的无奈日积月累

我不再叹息

赵芳闲下来的时候，反复读着一山寄来的这首诗。她有一种云里雾里的感觉，搞不懂一山这首诗的主题。一山走后一个月，只寄来这首诗，让她挺失望的。同时，她又暗恨自己文化水平太低，理解不了这字里行间隐藏的东西。不知怎的，这些天她经常做噩梦，梦见一片熊熊大火把梨花湾的老梨树以及下洼镇所有梨园烧得一干二净。村民们从大火烧过的灰烬中扒拉着烧焦的梨核，像野人一样啃咬着，一个个赛过地狱里的凶神恶煞。醒来后她的心一直在咕咚咕咚跳个不停。

另一件让她焦心的事就是过了日子她还没来例假。如果她果真怀孕了，那么与一山的婚礼得赶快举行，最晚不能超过春节，即便到了那时也该有四个月光景，明眼人一眼就能看出来自己怀孕了。

这天吃过早饭，赵芳爹掏出烟袋，坐在炕沿上抽起烟来。赵芳前些日子给爹买了几条烟，让爹把烟袋扔了，说都是领导了还抽烟袋人家笑话呢。他却依然用着自己的烟袋。因为烟袋嘴是祖传下来的，玛瑙做的，他舍不得哩。再说，揣个烟袋包，走到哪里都方便着哩。老人抽了一阵子后从炕上下来,走到正在刷碗的赵芳跟前说:"你跟一山什么时候办婚事?爹心中有个数,好给你置办东西。"

赵芳低头刷碗没有吭气,把那锅碗瓢盆弄得"乒乒乓乓"直响。

"男大当婚女大当嫁,没有啥不好意思的。你舍不得离开这个家,爹也知道,你想住到家里,爹求之不得哩。你哥那房子,你要想住,就让一山家来人整修一下,这些日子厂里事太多,顾不上这事。"

"爹,咱们不能剃头挑子一头热呀,人家那边不表态让我咋办?"赵芳有点怨艾地说。

"咋的?那边还有啥不知足的?"赵芳爹感到挺奇怪,别人家办喜事都是男方急着要办,"孩子,过几天我找你快嘴大娘问个话,要真是这样,我得问问张老憨家到底是啥意思?"

"爹,忙您的吧。"赵芳把碗筷放到菜橱中,转过头对爹说,"我自己会处理好这事。爹,看这些日子把您累的!"

"你这孩子,从小就要强,吃亏就吃在这要强上,你婆婆家好长时间你也没去了,你去看一下,帮婆婆家干点活,顺便商量一下如何办婚事。跟人家说话要考虑着说,别让人家挑出啥毛病来,一山爹娘要是不同意一山来咱家,那就算了。"

"我不,我就住在这里!"赵芳坚决地说。

"我知道你舍不得这个家,但千万要注意方式,老人们都爱面子,住这里外场上不好看哩。"赵芳爹嘱咐着。他知道女儿从小没有了娘,对这个家操心最多,也最留恋这个家。他怕这事会弄出女儿的病来,所以总是放心不下。

"我知道,爹,您到厂里去吧。"赵芳知道陶瓷厂积压了很多产品,现在全厂上下都在忙着找销路和研发新产品,爹大小也是个领导,忙着哩。

"那好,你一会儿就去梨花湾吧。"说完,赵芳爹就走了。

等赵芳把家中收拾利索,已经快早上九点了。她找出一件藕荷色连衣裙对着穿衣镜试了一下,觉着还可以,便把自己的半袖衬衣脱下,换上衣服后自我感觉良好,便提上两盒点心,往梨花湾赶去。

初秋的太阳依旧火辣辣,不一会儿,赵芳额头上便沁出一层细密汗珠。从下洼镇往梨花湾走基本是上坡路,路不是太好走,只有五里路,她就没有骑自行车。

每次走在这条路上,她的心总是沉甸甸的,双腿就像灌满了铅,她发誓结婚后与一山搬到下洼镇去住。但是,她自己也知道没有多大把握。订婚后她从来没有听一山说过住到下洼镇的话,不免多少有点后悔。当然,她不是后悔对张一山的爱,甚至从来没有怀疑过这份感情。她烦恼的是一山最近这些日子好像在躲避什么,让她捉摸不透到底怎么了。

"叮当——"自行车铃声把她吓了一大跳,一对青年男女骑自行车下坡时从她身边闪过,洒下一路欢笑。

　　唉,人家谁不是成双成对,这些欢乐自己却无从领略啊!想到这里,赵芳的眼睛一阵酸热,觉得眼前模糊不清。做远游客的媳妇,要失去多少快乐时光啊!赵芳感叹着,忍不住暗自伤神。

　　今天无论如何要和老人们说好,把这事定下来,不能再拖了。要是真怀孕了还不丢死个人。她这样想着,泪水再次模糊了视线,感到心里特别委屈。人家谁家不把女方当成宝贝似的,说什么就是什么,她总感到张一山家里人心不诚。上次托快嘴大娘问张老憨这事,张老憨愣是没吭哧出个所以然来。

　　没娘的孩子命苦啊!赵芳独自行走在村道上,心事重重,愁眉不展。

　　看见老梨树,赵芳的泪又涌出来。她奇怪今天这是咋了,老是想哭。她在老梨树下坐下,掏出手帕来擦干脸上泪痕。可不敢让一山家人看到啊,儿子不在身边,老人们的日子也不好过。她平静一下心绪,站起身,打量起梨花湾这个村落来。

　　七零八落的几十户人家,顺着老梨树的指向向南展开,浓荫中隐约露出一些红瓦,再往远处眺望,也能看到一些低矮的草房,四周全是芳香扑鼻的梨园,为小村增色不少。

　　大约过了一刻多钟,赵芳心境渐渐平和下来,便朝一山家走去。到了家中,我这个不算媳妇的媳妇可不能惹老人们生气,儿子

33

不在身边,他们也不好受。她这样想着推开了一山家的大门。

一河正在院中洗衣服,见赵芳推门进来,忙擦了擦手站起来说:"妹妹,你可来了,快进屋!"

"姐,你啥时回的家?"赵芳到一山家几次,很少见到已经出嫁的一河,今天遇到觉得挺突然的。

"也是赶巧了,供销社新进一批化肥,分了指标让推销呢,我就想让家里用一些,正好芳妹妹来,这叫来得早不如来得巧啊!回头让你家大伯帮忙推销一部分。"一河笑着说。

"那好啊,等我回家就跟爹说说。"赵芳朝一河一笑,笑得不是那么自然。

"就是,你们姊妹好好拉个呱,"一山娘端着个簸箕走出来,"你们都到屋里喝水,今中午咱包水饺吃。"

"婶子,不用那么麻烦。"赵芳的眼角又湿了。不知怎么的,自订婚后她一直无法对一山娘叫娘,也许是她从小没娘的原因吧。为这,一山没少说她。

"你说的啥话?大老远来了,一山又不在家,还能连个饭不吃?吃水饺方便着哩,又不用弄菜,婶子这是图省事哩。"

"婶子,家中有啥活需要我干不?"

"啥也不用你干,你叔去地里啦,吃饭时就回,你弟又去赶集卖鸡架子了,中午不回来。"

"我呀,在家吃现成饭!"二河趿拉着拖鞋,抱着绣花用的纸背走出来,伸了一下舌头,做了个鬼脸,跟赵芳打招呼,"嫂子,来了——"

"叫我姐吧。"赵芳脸微微一红。

"早晚也得叫,叫嫂子好听。"二河调皮地说。

"对了姐,刚才婶说二山兄弟去卖鸡架子了,他不在城里干活了?"

"在城里干活挣不了几个钱,他不干了,这不一直在外赶集卖鸡架子,说是比城里干临时工挣钱多。"一河说。

"就是,我看我兄弟不简单,是个做买卖的料。"赵芳对二山挺看好的。

"快别夸他了,我听二河说,他赶集卖货经常收到假钱,也挣不了几个钱。"一河说道。

"就是嫂子,我哥赶了几个集,还亏了不少钱呢。"二河插嘴道,"那些印假钞的,丧良心!"

"行了妹妹,留点口德吧,咱不和那些人一般见识,行好才能得好。"一河说道。

"就是,还是大姑娘说得对。你们姊妹几个说会儿话,我去剁馅子。"一山娘乐呵呵地进了厨房。

"娘,等一会儿我去和面!"一河说完,又转身对赵芳说,"走,咱到屋里去。"

赵芳在屋里喝了杯水,说了几句话,瞅着挂在墙上的一山的照片,那不听话的眼泪又止不住地盈满了眼眶,赶紧到了门外树底下,掏出手帕,擦了又擦。

"咋了,大妹子,是不是我们做错了什么事?"一河见赵芳有点不对劲,追了出来。

"姐,你到屋吧,我一会儿就好。"赵芳哽咽着说道。

"是一山惹你了?"

赵芳低头不吭声。

"到底是啥事?"

"姐,事到如今我也不瞒你啦,"赵芳心一横,脱口道,"我爹想让我和一山尽快结婚!"

"那是好事啊!"

"可我想住到下洼镇,爹说让你家把房子修缮一下。"

"这……"一河吃了一惊,说,"这可是大事,俗话说嫁出去的姑娘泼出去的水,姐不敢做主。这样吧,找时间我和两位老人商量一下。"

"上次我托媒人问过,老人也没说出个一二三来。"

"那一山咋想的?"

"他还没给我回信,我想知道家里人的意见。"

"只要一山同意,我想家里人问题不大。"一河意识到问题严重,便劝赵芳说,"你不要着急,吃完饭我就和爹娘说说,行吗?"

赵芳话说出来后,心里好受了一些,看到吃饭时间还早,便想到陈金花家去看一下,于是说:"行啊姐,这事你得费费心,你先回屋,我去一下王得发家,看看我同学陈金花,好长时间没见到她了。"

"别忘了到点回家吃饭啊。"

"好的,我去去就回。"赵芳说完出了门。

每到农忙季节,陈金花便像男人一样在地里劳作,累得人不人鬼不鬼的。陈金花生存的依仗就是那几亩责任田,还有圈中养的一头肥猪、院子里咕咕叫的两只老母鸡。她那三岁多的儿子宝贵,便成了这两只老母鸡最好的玩伴,而鸡下的蛋,则成了小宝贵的营养品。

这天,陈金花上工的时候,将宝贵带到地头。这对于她来说已经习以为常了。她脱掉那双花三块钱买来的布鞋,迎着朝阳锄着那几亩责任田。

干了半天,她抬起头,看了看接近正午的太阳,搓了搓手,又揉了揉发涩的双眼。这是她赖以糊口的土地,可不敢荒废啊!得发当临时工的时候也没让她上过地,拿她当个宝贝供着。那时她刚过门,地里的农活大多是公公和小叔子王感谢以及得发抽空干。那时王感谢刚下学,一身蛮力气,乐于帮助新嫂子。有一次陈金花上圈方便的时候,似乎发现墙头上有个人影一闪。尽管没有看清模样,但凭第六感觉,她猜测是王感谢。她没有声张,只是逐渐疏远了小叔子。王感谢虽不知什么原因,但意识到嫂子的冷淡,就不大往嫂子家跑了。以后王得发不再外出做工,王感谢便不管哥嫂的事了。

王得发生病后,让陈金花窘迫的生活雪上加霜。王感谢看到嫂子的艰难光景,碍于以前的过节,空有一身力气无由上门帮忙。有一天,他看到小拉八竟然在帮陈金花往玉米地里撒化肥,心中那种失落感深深地噬咬着他的心。以后在陈金花不知道或者装着不知道的情况下,他会悄悄地帮着嫂子往地里运点粪、翻整土地、往回拉点庄稼秸子。陈金花知道这些活计是感谢做的,但她还是忍住没有点破。

等到陈金花腰酸得实在不行的时候,才直起身子休息一下,顺便抬头四下张望,蓦然发现地头的小宝贵不见了!

陈金花慌了神,撒开脚丫子奔到地头,才发现小宝贵正趴在水沟里啃地上的荠荠草。她一把抱起儿子,满嘴是泥的小宝贵头一抬,露出两排洁白的小乳牙。

"好儿子,咱回家!"陈金花拾起锄头,便往家赶,走到半路上,宝贵打了几个呵欠,便歪头睡着了,两只小手紧紧地揪住陈金花。到家后刚放下孩子,赵芳便来了。两个女人好长时间没见,亲热地唠了半天嗑,拉了知心呱。陈金花那眼泪就下来了:"芳姐,你看我这是过的什么日子呀!"

"日子再苦,总还是个家呀!"赵芳叹息一声。

陈金花便关切地问道:"一山有信了吗?"

赵芳摇摇头说:"金花你说这叫什么事!原来说好住下洼镇,也是订婚的条件,现在成了我求着他们,早知今日又何必当初!"

"你这话一山可不爱听,他听到肯定跟你急。"陈金花看着赵芳憔悴的模样怜惜地说,"芳姐,不管怎样,你一定要珍重自己的身体啊!"

"他是头驴,可不能听他瞎叫唤!"赵芳有点发恨地说。说完,便自嘲地笑了,陈金花也笑了。

"说实话,芳姐,一山到底对你怎么样?"陈金花忍不住问道。

"我也不知道他咋想的,他办事老没有个正谱。来信不谈正事,反而写了一首晦涩难懂的诗。"赵芳说着从贴身口袋里掏出一山的来信让陈金花看。陈金花一字一句地读出声来:

你痛苦地呻吟

蜷曲着身子

泪已被蒸发

脸已被吞没

从何时起

情歌变得冗长冗长

从何时起

鸿雁再也无力张开翅膀

在那朝阳升起的地方

可曾记得童年的牧歌

满月时分

可曾想起一个遥远的朋友

无数次的期待被狂涛淹没

沉重的双手再也无力捧起笔尖

苦涩的无奈日积月累

我不再叹息

"这一山写的什么信,俺也搞不懂。什么叫'苦涩的无奈日积月累,我不再叹息',这个一山啊,依我看就是个大坏蛋。芳姐,不是我说啊,该放手时就放手啊!"陈金花看完后沉思着说。

"你说得对,张一山这块货,到现在也不定性啊!"赵芳恨恨道,"事到如今,他拿不定主意,我是一点办法也没有啊!"

"芳姐,一山是个情种,这个我知道,你一定再给他写封信,明明白白地告诉他,让他尽快拿主意。张老憨一家人都听他的话哩。"陈金花关切地说道。

"他就是个长不大的孩子。"赵芳无可奈何地摇摇头。

"那倒是。"陈金花深有同感,她感到自己像犯了罪似的,不敢正视赵芳那双清澈见底的眸子。

"得发怎么样了,好转了吗?"赵芳不愿意再谈一山的事,便转移了话题。

"还不是老样子？"提起得发,陈金花一下子变成霜打的茄子。

"你得挺住！"赵芳搂住陈金花的肩膀说,"过去这个坎就好啦。"

"但愿吧。"陈金花苦笑一下,随即说,"今中午在这里吃饭吧,咱俩好好说说知心话。"

"不了,我婆婆正在包水饺呢,来这里不在家吃饭不好。"赵芳说。

"嫂子,娘让你回家吃饭。"这时候,二河呼哧呼哧跑到陈金花家大门口喊道。

"这么快就好啦？"

"那还不快？"

"叔回来啦？"

"回来啦！"二河说。

"那我就不留你了,快回去吧。"陈金花送赵芳出了大门。

（三）

下洼镇坐落在梨花湾脚下一条小溪流经的地方,是方圆几十里重要的物资集散地,隔五天一个大集,山民们将水果、粮食、蔬菜拉到集市上,或换或卖,尔后弄回自己需要的日用品。到了这个季节,一排排、一溜溜、一片片全是丰收的硕果。

这天,风和日丽,下洼镇的集市格外热闹。张二山早早地从城里拉了鸡架子在集市上售卖。直到太阳西斜,集市上的顾客稀落,他的鸡架才算售罄。这时候他才发现有位姑娘不知啥时站在他的三轮车前。二山又看了看姑娘那微黑却俊俏的瓜子脸,姑娘的眼睛也一眨不眨地看着他。

二山心想坏了,八成这姑娘有毛病。二山本来也是个不大在乎很随便的角儿,在姑娘目光注视下也只好低头认输。为挽回面子,他大着胆子说:"我算服你了,你到底想干什么?"

那姑娘犹豫片刻冒出一句:"看你挺能干的,不知你胆子大不大?"

二山乐了:"嘿,今天你可是找对人了,有什么话就说!"姑娘说:"你这人嘴怎么这么臭啊!你相信我吗?"姑娘一口四川话。

二山一听坏了,还真碰上个厉害角儿,早就听说四川女人性格泼辣,敢情让我碰上了。二山初中毕业后就认定自己不是块读书的料,在家里跟着爹种了一年半地后,又到城里铸造厂干了一段时间临时工。在打工期间他盘算了一下:干同样的活,临时工比正式工少拿不少钱,还不如自己干点小买卖。便用爹给自己娶媳妇的钱买了辆农用机动三轮车,抛下庄稼地里的活计做起了小买卖,主要从城里冷库拉鸡架子、从外贸企业拉烤鸡架子到乡村集市上售卖,收益倒还可以,比在城里铸造厂当临时工挣得多。一个人有时忙不过来,就容易被一些不太自觉的买家钻了空子,有时还收到假钞,倒腾下来吃亏不少。那天他央求二河帮忙,二河跟了一个星期,嫌油腻腻的说什么也不干了,还依旧绣她的花。山里姑娘不像男人们顶着烈日弄出一身黑疙瘩肉来,她们都是在家里炕上绣花,交给镇上收购站,一年下来也能挣个三百五百的。一个个捂得细皮嫩肉比城里姑娘还水灵,哪是吃这苦的料。二山寻思着以后找个媳妇就好了,开始让母亲托人给他介绍对象。眼前这个姑娘让二山眼睛一亮,他的心房不由自主地咚咚乱跳,便迭声说"相信相信"。

姑娘告诉二山,她是被人贩子骗到山东来的,从这里往南不远山脚下村子里有个三十六七岁的光棍汉,我是从他家跑出来的,现在分文没有。她问二山愿不愿意找个帮手,不要工钱只给口饭吃,干一年后给她路费回家。

二山一听愣了,考虑了一会儿说:"姑娘,不是我不相信你,这么多人你咋就挑上了我?"

姑娘说:"我观察你好长时间了。你一个人人手不够,让别人拿走好多鸡架子,你可吃大亏了。再说,我看你不像个坏人。"

二山一听笑了:"坏人难道还贴着标签不成?不过你说的是大实话,再没人比我好了。收留你可以,但你必须听我的,还不许怕苦怕累。你能干得了吗?"

"我能。告诉你吧,我们南方人比你们北方人能吃苦。"

"那好吧,你就归我了。天塌下来我替你顶着。干好了我发给你工钱。不过,咱可把话说明白了,是你自己乐意的,我可不是人贩子,万一以后有啥事不要赖我。当然了,你要啥时想走我给你路费。衣服嘛我包了,想穿什么样的你尽管说。"

　　姑娘说:"你得保护我不受人欺负,并且你也不准欺负我。"

　　二山连连点头说:"对外人就说你是我妹妹,对家里说你是我拣来的媳妇。"

　　姑娘说:"去你的,哪有那么便宜的事?!"

　　二山一边发动车,一边说:"上车,咱们别斗嘴了,我肚子饿了。"

　　等三轮车拐到大路上去时,二山才回过头来大声问:"姑娘,你叫啥名字?"他连问了好几声,那姑娘用一双胖嘟嘟的小手围成一个喇叭状,探身在车斗前的横栏前大声说:"月亮!"二山闻到扑鼻而来的女人气息,全身都绷紧了,差点没把车开进路边沟里。

　　在以后的日子里,二山和月亮姑娘俩人风里雨里,城里乡下,同吃同住,还真像那么回事。二山像变了个人似的,时刻注意个人形象,也不说脏话了。时间一长,彼此还真产生了一些感情。二山为人正直豪爽,虽然相貌平平,但透着一股男子气。二山的家境比起月亮姑娘的老家要好得多。过了些日子,二山问她想家不?想回不?月亮姑娘说要回你得跟我一块回。二山说那就先等着吧。

（四）

一山回到深圳后老实了好一阵子,过了一些日子感到心里空虚,又翻腾出纸和笔,鼓捣一些诗歌、散文什么的,还抽空参加当地文联组织的活动。每天除了日常工作外,一有空闲便钻到这些事里去,忙得不亦乐乎,暂时排解了不少烦恼。

时间能抹去一切痕迹,能荡清心灵上的阴霾。陈金花和赵芳没有说错,一山就是个情种,很讨姑娘喜欢,走到哪里时间一长,准闹出些风流韵事来。在当地文联组织的活动中认识了杨琪后,一山被杨琪那种城市女孩特有的清新亮丽、文雅活泼深深打动了。与杨琪接触的越多,他陷得越深。越拿杨琪与赵芳相比,内心的失落感越强。赵芳虽说具有杨琪比不了的朴实、贤惠、善良和纯真,可终究摆脱不掉山里姑娘的寒酸气和泥土气息。再说了,一山在外面锻炼了这几年,回到家里觉着与赵芳的共同话题越来越少。而和杨琪就不一样了,一样的文学梦想让他和杨琪的心很快走得很近很近。而自己一旦与赵芳结婚,势必要两地分居。探家回来后,他懊恼自己没出息,忍受不住冲动,连续干了几件出格的事。对与赵芳发生的事,他好像忘了似的,一直没有去信与赵芳沟通,或者商量一下下步打算,甚至没有给赵芳正儿八经地写封信,只是将那晚与杨琪约会后回来写的那首诗寄给了赵芳。尤其是现在一山知道杨琪已经深深地迷恋着自己，愿意为此付出一切代价，他更觉得与赵芳订婚太早了，也太草率了。

他思前想后，觉得赵芳家实在是没有啥毛病。唯一让他气恼的就是赵芳自他回来一个多月，就催着结婚，并且提出要结婚后住到下洼镇，还说是订婚时的条件。

订婚还有条件，真是岂有此理？不行就算了。一山这样想着，翻出赵芳寄来的信看。

山：

近来一切都好吧，为什么你不来信告诉我你的情况？我不知是一种怎样的牵挂。

从你离开以后，我的心里七上八下的，不知怎么搞的，老做噩梦，一山，亲爱的，你春节能回家完婚吗？

看来，关于今后住哪里的问题，应该找你商量了。我跟你家商量过几次，家人说听你的。也许，你们家已经给你写信，你也已经做了打算。

可是，山，我怎么也不明白，咱们订婚时不是说好不到你家去的吗？为什么和你们家商量这事时，你的父母却再三犹豫，好像是我家在求你们。难道你的父母就认为我那么好欺骗？

亲爱的山，请你赶快、赶快告诉我，你是怎样想的，你若真不愿意到我们村的话，我不强求。只是我的心将满是伤痕，终生难愈，甚至会发疯、发狂。从相识到订婚到我们难忘的那一夜到现在，我心头涌动着对你的爱恋。你知道，我爱你胜过爱我自己。我会更恨你的父母言而无信！我更怕我会恨得做出不理智的事情。真的！

山，我焦急地等你回信，听说，你父母听你的，你是想让相爱不能结合的悲剧重演吗？你想让我一辈子痛苦吗？

也许我疯了，也许我死了，反正很多日子以来，我已不像个人了。快告诉我，告诉我吧！山，难道你真的听从父母摆布？其实也许是你的意见。

有件事还不敢确定，以后再告诉你。

等你回信。

就要死去的人

一山看完信，说不出是种什么感觉。

从一开始，他就压根没想到下洼镇去住。赵芳还有个弟弟，自己住到那里算什么事？他是那种骨子里很正统的人。赵芳猜中了，这正是一山自己的主意。

"真心爱你，就应该不管到天涯海角，何况只有几里之遥；真心爱你，就应该尊重你的意见；真心爱你，就应该同甘共苦，共建家园。"姐姐一河来信中的话语又响在一山耳畔。

看来，这段缘分该结束了。一山想到。不过，一个黄花闺女被甩了，在农村是很难再找个好对象的，正是这一点，让一山犹豫了很长时间。

（五）

这天一大早,太阳还未从地平线上升起,陈金花收拾妥当,拿出家中上次借款剩下的二十元钱,带上昨晚烙的王得发最爱吃的面饼和糖糕,去看望自己的丈夫。

陈金花在下洼镇等了半个多小时,坐上一天到县城一个来回的国营班车。比坐个体车省了两元钱,只是车上人太多没有座位。

陈金花扶住车门旁的铁栏杆,伸展了一下手脚,枯黄的脸上像块木头没有一点表情。人穷被人欺,没有钱没有人的日子不好过啊!你说自己这算啥?说守寡不守寡,说家不像家。一个人的时候,有时暗暗流泪,埋怨命运不公。在人前,陈金花总是紧咬自己双唇,有时还会绽开一脸笑容。

破旧的客车行驶在崎岖山路上,哐哩咣当乱响。这车早该报废了,但为了经济效益,只好像老牛一步一喘地拉着犁,直到倒在路边为止。乘车的人大多数是乡下人,在好奇地东张西望。也有几位衣冠楚楚"吃皇粮"的,他们大都皱眉闭眼,以逃离乡下人身上那种令人窒息的气味。

陈金花半依半靠地站在车门旁的竖栏边,所有的喧哗,所有的纷杂思绪,所有的灵魂仿佛都在离她远去,随着客车振荡的是她那不足百斤的躯壳。

从梨花湾去精神病院需要到下洼镇坐车再到城里倒车。陈金花在城里汽车站下了车,等了半天才坐上去精神病院所在地张店的公共汽车。在车上行驶了大约半个小时,陈金花从车前挡风玻璃上望见公路附近隐约呈现的那座院落,一颗心仿佛从半空中落下来,引起了一阵绞痛。她挪了挪麻木了的双脚,又换了换扶住栏杆的手,空出右手来捋了捋眼前的刘海,将头上齐耳的短发梳理了一下,那隐隐作痛的感觉继续折磨着她。见了面,面对那个半傻的丈夫,该说些什么?要说的话都说完了,每次相见,都是默默地流泪,听丈夫咿呀作语,还有间或地指手画脚。一想到这些,她就从心里害怕,并且有一种本能的抗拒心理。生活对她太不公平了,感情上也一再经受打击,一山从那次寄钱回来后再也没有音信。是的,她承认自己不是纯情少女,更不是顶着贞节牌坊的烈妇,她只是感到对自己的丈夫有一种义务,一种割舍不了的情感。远房表姨一直劝她离婚,说有一个三十三岁的男人愿意娶她并负担她所有的债务以及这个傻丈夫的生活费用,她把远房表姨骂了个狗血喷头。

张店镇处在平原与山地相接的半丘陵地带,过去叫张店人民公社,改革开放后改称张店镇。它之所以在方圆百十里内享有很高知名度,是因为有一家正规精神病医院。

陈金花每到这地方来一次,心就麻木一次。她想让王得发快点好了回家,又怕他回到家,她有时甚至甘愿一个人背负这个沉重的责任度过一生。

这一次,当她拖着麻木的双腿走进围着栏杆、铁丝网像监狱似的大门时,这种感觉又袭上她的心头。当然,现在的精神病院已经人性化了很多,病号们可以经常见到家属,只要不是特别重的病号也不限制自由。但是,每次来这里,看到大铁门,看到那高高的围墙,她的心里还是堵得慌。她不止一次地咒骂自己真该下十八层地狱,幻想着死后的托生。这一刻,母性本能又战胜她心灵的又一面,她伸出枯瘦的手梳理着王得发那乱蓬蓬的头发。

　　"我想吃梨,我想吃梨,家里的梨可好吃啦!"陈金花眼睛一酸,泪水涌了出来。王得发像个孩子依偎在她的怀里。这一刻,他似乎不是个精神病人,而是个半大孩子在母亲怀里撒娇。

　　"我给你买,听话,起来!"她用力摆脱他的拥抱,把他推回病房里,"在这好好等着,一会儿我回来!"

　　陈金花撂下带来的面饼和糖糕,还有两包人家送给她孩子吃的点心,跟看护人员交代一下,便迈开大步往张店镇中心走去。

　　等到她双手伸进裤子口袋,才发现来时买车票剩下的钱已经没有了。她心头急,额头上沁出密密麻麻的汗珠。买不成梨事小,连回去的路费也没有了。

　　她翻遍身上所有的口袋,甚至把能藏东西的地方譬如腰部开裆部位都找遍了,钱依旧不见踪影。她确定钱被人偷走或者弄丢了。

　　她一口气跑到张店站下车的地方,除了两个等车的人之外别的什么都没有,公路上只有细小的沙石和扬起的尘埃。陈金花只好自认倒霉。人倒霉时喝口凉水都塞牙!陈金花在心里骂了句娘。但是急也没用,该怎么回去?医院没必要回去了,先上车再说,走一步看一步吧。这样想着,她便和等车的几个人一起伸着脖子站在马路旁。

张店镇有一条宽敞的公路,是省城到海边的运输线,过往车辆多。不多一会儿,陈金花便搭上了一辆过路客车。

路两边的杨树往后退去。车厢里的嗡嗡声交织在一起。对陈金花来说,越嘈杂越好,越热闹越好。偏偏这辆车运行大半天了,连鸣笛也显得有气无力。车上坐了大约一半乘客,大都在或迷糊或睁着眼想自己的心事。陈金花也将自己深深地埋进座位里。

在离城里不远的环城路上,司机停住车,向后招招手说:"最后上的那几位买票!"

听到这声音,陈金花像听到一声惊雷。她一直窃喜没有卖票的,现在彻底完了!

当和她一起上车的那几位走到驾驶座旁边交给司机四元钱后,司机握在手里,目光直视着陈金花:"你!买票!"

她头垂得更低了。

"买票!听到没有?"司机提高了嗓门,车上有一部分乘客的目光投向了她。

陈金花知道再也无法隐瞒了,她怯懦地抬起那张惨白的脸,慢慢站起身挪到司机跟前，用从嗓子眼中挤出的声音说："大哥，我没钱。"

"什么？"司机大声吼叫着。

车上的人抬起头来。

"我没钱。"

"没钱？"司机哈哈大笑起来，"你这样的我见得多了，少给我啰唆。"

"我真的没钱，钱丢了……"陈金花再次申辩着，拍了拍自己衣兜说，"不信你翻！"

乘客中有人不怀好意地笑起来。

"你知道我不敢翻是不是？"司机靠路边停下车，弯腰站了起来，用一对小眼逼视着她，偶尔扫视一眼乘客。那张脸上泛着红光，油都快流出来了。

"让她下去算了。"旅客中有人不耐烦了。

"对，让她下吧。"有人附和道。

"算啦，我替她买票吧。"一个戴眼镜的乘客实在忍不住站了起来，从着装看是个吃公家饭的人。

"我说师傅哟，你可别掺和事，我就要她的钱。这样的人我见得多了！"

这样僵持了几分钟，司机大概看出陈金花确实拿不出钱来，就说："她欺负到老子头上了！今天爷们心情好，便宜了你，滚！"

52

陈金花被司机赶下车,一个人孤零零地走在环城路上。

起风了,东北风咆哮着,刮得她趔趔趄趄。

快嘴大娘站在老梨树下,瞅着老梨树,嘴里喃喃有声。到了秋收大忙季节,很少有人能有时间听她絮叨,只有老梨树不厌其烦。人老了,总喜欢唠叨个事,她那退了休的老伴嫌她唠叨个没完,影响他看报纸写东西,把她撵了出来。她慢慢转到这里,待了近半个下午。上坡回来的四石匠在树底下蹲了半天,和她有一搭没一搭地唠嗑,抽了几袋烟,便回了。眼看太阳没入地平线下,快嘴大娘全然没有要回家做饭的意思。她自从嫁到这个村里,已经快五十年了,一直有老梨树相伴,有感情哩。

老梨树就这样挺着,饱经岁月风霜,什么样的艰难困苦,什么样的风俗世情,老梨树最清楚。它了解村里人的喜怒哀乐,注视着小村人的一举一动。小村人亦像对待自己的祖宗一样无微不至地照料它。

傍晚时分,经过一天辛劳的老梨树累了,树叶微微地乜斜起了眼,沐浴在西天的霞光里。

快嘴大娘意识到该回家了,她刚要起身,瞅见从远处走过来一个人影。等人影走到近前,才发现是陈金花。

最近快嘴大娘越来越担心陈金花,她生怕这孩子被生活重担压垮。她不止一次地跟陈金花讲,她家的钱不急着用,没有的话就算了。而陈金花有什么难处也愿意和快嘴大娘说。

"咋啦,闺女,去哪里?"快嘴大娘上前问道。

"去看得发啦,大娘!"陈金花答应一声,便一屁股坐在老梨树下,像一摊稀泥似的,只剩下喘气的份了。

"咋样,好些了吗?"快嘴大娘就爱追根究底。

这一问,陈金花无声地啜泣起来。她是步行赶回的。经过那趟车的羞辱,她没有勇气再上客车。从城里到梨花湾,抄近道有六十多里路,那就走吧。于是,她从小路摇摇摆摆走回来了。那时候,她的心冷到极点,满肚子委屈。看看同龄人,哪个不是在丈夫的呵护中、家人的注视下、儿女的承欢里寻求到那种并不因为物质上的缺乏而具有的特定的幸福。这些陈金花都无从领略。她有的只是个不懂事的孩子。一想起儿子,陈金花心头发酸。儿子似乎秉承了母亲的优点,抑或是过早地懂得了生活的艰辛,给什么吃什么像个小猪似的,不吵不闹。陈金花有时候感到给孩子这样的生活简直是在犯罪。孩子昨晚托付给了他姥姥看护。经过一天的奔波,她又累又饿,心力交瘁。不是有儿子宝贵,她不知道能不能挺住、会不会走回来。儿子是她的信念,是她唯一的安慰。

她坐在梨树底下,回过神来的第一件事,便是想去把孩子接回来。这一刻,她特别想见到儿子。而正在这时候,恰逢快嘴大娘询问,被触动心事的她泪水像断了线的珠子扑簌簌落下来。

"要不,到我家去我给你做点饭吃?我看你是累坏啦。"快嘴大娘抚着她剧烈颤抖的双肩轻声说,"孩子,别太苦了自己,身体最重要,宝贵全靠你哩。"

"大娘,我可怎么活啊!"陈金花放声痛哭起来。

快嘴大娘怕惹她更加伤心,便不再说什么,默默站在一旁。

黑夜里,一老一少站在老梨树下,勾画出了一副凄凉的秋夜图。

(六)

雨淅淅沥沥,一直在下。伴随着多雨季节,张一山的心也阴晴不定,时而兴奋,时而忧郁,有时是莫名的骚动。忙完了工作,他就一直站在窗前,注视着外面的世界。刷刷的雨珠像一个个生命音符,在跳跃,在奔跑,在飞腾,连成一条闪亮的金线,聚成小溪,汇成大河,汇入海洋。它的精神是那么的顽强,那么的执着!

人人都有自己的爱好,正如有人爱江山,有人爱美人;有人重事业,有人重感情;有人喜游山,有人喜玩水;有人愿养花,有人愿喂鸟等等。一山说不清自己到底爱啥,有时候,他看到别人那么热爱生活,那么无忧无虑,从心底里羡慕。当然,他同样喜欢快乐,当工作得到肯定时,他快乐;当事业取得成绩,他快乐;当有最爱的人和有人最爱他时,他更快乐。他明白,只有在深渊里跋涉挣扎的人,偶然抓到一根枯枝,他才会感到超出自然范畴的快乐。

现在三个女人围绕在张一山身边,让他产生了许多稀奇古怪的想法。这三个女人的分量在他心里不相上下,让一山很难取舍。他知道人一辈子不容易,在感情上可不能屈了自己。他不知道的是,他的这种玩世不恭的态度,会让爱她的女人遭受多少委屈和折磨。

一山有时候觉得自己是幸福的,父母健在,姐姐、弟弟、妹妹那么美好善良。还有赵芳姑娘那颗纯洁的心为自己跳动着,陈金花那颗不安分的心为自己祝福着,杨琪那颗温柔可人的心痴痴地等着他,还有什么不满足的? 他问自己。

(七)

又是一年梨熟季节,梨花湾到处都飘荡着浓郁的梨香。

又是一年收获季节,忙碌了一年的人们纷纷绽开笑脸,劳作一天之后,依然流光溢彩。

当朝霞染红东方,梨花湾从睡梦中醒来。所有的生命经过晚上的休养重新焕发出活力。最先是树上的鸟鸣,再就是鸡鸭的合唱、猪羊的哼叫、骡马的嘶叫,还有唤儿呼女起床声,远处田野里拖拉机耕地的轰鸣声。这一切,让早起往山上走的张老憨感到特别亲切。

昨晚,刚躺下没多一会儿,一山他妈伸手捅了捅他的脊背,说和他说个事。

这对夫妇辛苦了大半生，一骨碌一跌地将两对儿女拉扯成人。大儿子一山去深圳打工，继而找了份好工作，再也不用回这小山村谋营生了，这让一山父母特别自豪，逢人便念叨，我的娃有了铁饭碗了，不回来了。小儿子二山贩卖鸡架，生意很是红火。大女儿一河嫁了个干部。眼下，就剩下个十八岁的小女儿二河守护着他们俩。生活舒心了，一山妈心口痛的毛病不知不觉就好了。唯一让张老憨遗憾的是一山和赵芳的婚事，就那么不冷不热地悬着。一提起这事，就让张老憨头疼。偏偏哪壶不开提哪壶，老伴那嘴从半空中低下来，贴在他那老脸上说："我说老头子，一山订婚快两年了，总这样拖着也不是回事，一山前些日子回来不定干了什么事，万一那娃怀上了可咋办？赶明儿你上山去摘点好梨，我老胳膊老腿走不动了，让二河用自行车载着走一趟亲家，定个日子，把这事办了吧，行不？"

"办？办啥？那姑娘前些日子不是说了吗，要给她家的房子重新装修一下，住到下洼镇那边去！再说，哪有那么巧的事？要真有，早来找你了！"

"这不是她俩订婚时讲的嘛。再说了，咱们两村相距这么近，住哪儿还不一样？你真是个死脑筋。"

"那人家来的时候你咋不说？就让那姑娘哭咧咧地走了？"张老憨气呼呼地爬起身，拉开电灯，搐上一烟袋锅烟末说，"现在说不定正跟一山闹腾着哪，一山那娃，是咱俩能说了算的？"

"这个事我也是才转过弯来,再说,有快嘴大娘这个媒人,闺女就那么直截了当地问,当时谁接受得了?"老伴叹了口气说,"唉,那时候不知道这事会闹得这么严重,咱们给一山打个电话,征求一下他的意见。他愿意住哪儿就住哪儿。"

"你不提这事我还不生气,他现在有能耐了,咱管不了了。要说这事开始也怪我们,不该同意一山住到下洼镇去。现在倒好,正好成了一山不办事的理由。再说了,这事要是拖久了黄了,人家该说咱娃是陈世美了,说是混好了不要人家了。"张老憨气呼呼地说。

"对着哩,就是怕这事,夜长梦多啊!"老伴沉思了一下说,"我们都是老脑筋。娃已经解决了户口问题,住在哪儿人家都不会笑话的。快嘴大娘跟我说,好多人都说这门亲事好得很哪。"

"要说真心话,开始我就不同意这个条件。现在无所谓了!"张老憨狠狠地抽了一口烟。

"孩子年轻时野点没啥,结了婚就好了。还不像你,小时没人样,偷看人家大姑娘解手什么的!"

"说这些干啥?也不怕西屋的闺女听见。"老憨头脸红了,幸亏有夜色遮掩。

脸红归脸红,张老憨心中还是有些得意,老憨知道当时娶个比自己小八岁的姑娘是爆炸性新闻,曾经上了县里的广播,说新时期新风尚,自由恋爱品格高什么的;说昔日老营长,今日种田好

58

手什么的,倒也显赫了那么一些时日。

张老憨年纪大了,背有点驼,爬山岭累得气喘吁吁。"这要在以前,爬这座小岭一点感觉都没有,而如今,上个果园还这么吃力。唉,自己真是老了,不服老不行啊!"这样想着,张老憨走到了自己的梨园边。看见那片果实累累的梨树,他禁不住心里乐开了花。

这片树林是他十年前和一山一块栽的,那时一山还是个刚高中毕业的娃子。眨眼工夫,已经是快往三十岁上数的人喽。而现在的树干已经是碗口粗细,树上果实满枝了。张老憨一踏进这片林子,就有种说不出的踏实。这是全家一年的经济来源,只可惜近两年梨价下跌得厉害,让大多数种梨专业户叫苦不迭。好在张老憨这片梨树只是贴补点家用,即便是赚个嘴吃也是好的。遗憾的是,一山那小子还从没有尝过他亲手种的树结的梨子。快中秋节了,不知这小子回不回来!

看着满树熟透了的果实,张老憨才知道该下梨了,别人家的梨差不多都快下完了。这样想着,张老憨挑个头大的摘了几个,拿回家后,又套上排子车到梨园摘梨去了。

(八)

八月十五日一大早,当晨露还未随着东升的太阳蒸发掉的时候,已经宣告了今天是个晴朗天。

陈金花揉了揉惺忪的睡眼,接着舒展了一下由于搂着孩子睡觉而麻木了的四肢,瞅着沉浸在甜蜜的睡梦中的孩子,心际里升起一种温情,低下头去在孩子胖嘟嘟的小脸上亲了一口。小宝贵咽了一下口水,又继续做他的梦去了。

太苦了这个孩子了。陈金花心里有一种深深的愧疚感。只怨这孩子投错了胎,要是他投身豪门,说不定会有大出息呢!

陈金花轻轻撩开蚊帐,披衣下炕,将蚊帐角重新掖好,便合计该做什么饭。自己好凑付,昨晚熬的玉米稀饭还剩下一点儿,热一热吃个煎饼就行了。目前,她家在全村中生活水准算是最低的了,依然以煎饼当主食。这种东西尝稀罕可以,要是当成主食不几天就会难以下咽。难就难在孩子。虽然老人常唠叨"孩子不可娇生惯养,越磕打越结实",但那是没办法的事,但凡有一点可能,哪个父母愿意自己的孩子受委屈?

陈金花走出门外,瞥见院子角落的鸡窝里有一个鸡蛋,便蹲下身去掏出来,吹了吹上面的草屑,拨拉掉沾在上面的鸡屎,心里头稍稍有点安慰。从去年开始,这两只老母鸡一年能生三百多个蛋。她在锅里添上一瓢水,放进去两个鸡蛋,架上箅子,将一碗稀饭、两个煎饼放在上面,便生着了火。

吃完饭,她将需要做的庄稼活合计了一下:玉米前几天已经掰了,玉米秸可以晚几天再刨,只要不误了种麦就行。高粱还要再过几天才能收获。自己的那一亩花生目前也到了收获期,由于这两天一直忙还没顾上收,过了节可不敢再耽误了,那可是一家全年的经济来源,陈金花指望的就是靠它换个三百五百的,不说交纳王得发的住院费,也该考虑先一点点还人家的钱了。欠人家钱就低人一等,平时走路连头都不敢抬。还有那一亩红薯,离收获还有一个多月光景,那就不着急了,自己的那头猪全依靠这点红薯,加上自己打的猪草,到年底也可换个钱贴补家用。她想,只要不再出天灾人祸,日子就会慢慢好起来。

陈金花盘算了一会儿,便想过了今天再去看看王得发,回来就收花生。八月十六日是农村探亲访友的日子,顺便给王得发带去点梨。一提起梨,让陈金花又犯了难,家中目前一分钱也没有了,连去看王得发的路费也没着落,梨再便宜也无力购买。自己家又没有梨园,该怎么办?

苦想了半天,只有厚着脸皮问婆婆要了。她翻出一件结婚前穿的奶黄色夹克上衣,披在身上照了照,还算有个样子,便穿上了。过节了,总得穿得干净点。自打与王得发结婚以来,还没有添过一件像样的衣服。陈金花怀着一种复杂的心情出了家门。

陈金花的婆婆刘月英是农村里那种针鼻子里能抠出小钱的角色,平常日锅里的菜只漂着几滴油花花,盛出锅来能见到锅底的铁锈。说实话,谁不愿意吃得好点、住得舒服点?王老三家有三个儿子,王久穷结婚时花费不少;王得发没本事落了个病根,花掉家里不少积蓄,现在好歹分开过了,那边的光景也就顾不上了;王感谢眼瞅着一天天长大,也到了娶媳妇的年龄。刘月英愁得眉头紧锁,腰也弯了。其实,按她家光景在村里已经算是中上等了,家里承包了四亩果园,每年能挣个日常花销。三亩口粮地也够家里三口人糊口,外带着养了一头母牛,每年生一个牛犊,挣个三百四百的。还有一个老母猪生了一窝小猪,也给家里添了不少收益。这些,都存在银行里给小儿子预备着。王老三能干的时候,硬生生每天收工回来捎带着扛一块石头,后来齐刷刷盖了十二间房子还砌了个猪圈。唯一让老婆子感到头疼的是儿子王得发的病。另外她看不惯陈金花的好吃懒做,这种印象从陈金花过门没多久就种下了,至今没有改变。实际上陈金花并不懒,按如今做媳妇的标准来说够勤快了。刘月英只是用过去她当媳妇时的标准来看待陈金花,难怪她瞅着陈金花不顺眼了。

刘月英打发王老三吃罢饭上坡以后,她照例收拾了一下残汤剩饭,用一个破瓢盛着,到院子里喂她养的一群母鸡。正在这时,陈金花推开大门走了进来。

"娘,喂鸡呀?"陈金花向婆婆打了声招呼。

"咕咕咕……"刘月英仿佛没听见,继续唤着她的鸡。

陈金花的脸像一块红布,站也不是,走也不是。

刘月英喂罢鸡,才抬起头来看了儿媳妇一眼,问:"吃了?"

"吃了。"陈金花忙不迭地说。

"好了没有?"刘月英指的是她的儿子王得发。

"还没哪,他想吃梨呢。"

刘月英的脸像用青茄染过似的,没好气地说:"吃梨?不是给你钱了吗,你咋不给他买?"

前些日子,家里实在没钱了,陈金花问婆婆刘月英要过钱,说是给得发买点吃的。婆婆嘀咕了半天给了她二十元钱,也就是陈金花丢的那钱。当时,婆婆的脸拉得老长老长,说:"感谢也老大不小了,寻思着该给找个媳妇了,你不是还有个妹妹吗,给俺儿正合适。"把陈金花气得直想把那二十元钱摔在她脸上。毕竟她是上辈,便忍了。不花钱的儿媳妇是刘月英这样的人所梦寐以求的。给儿子娶媳妇,越省钱越好。让她掏一分钱,就像剜了她的心肝一样。

"那钱丢了,我想从家里给带点去……"陈金花犹豫着说。这时候,她发现婆婆头上挂着几根草,很是刺眼。可能是喂牛的时候沾上的。她正想给婆婆摘去,婆婆一边弯下腰去拾起猪圈旁喂猪用的勺子,到墙根猪食囤里掏猪饲料,一边说:"唉,全家的花销,你又不是不知道,再说你兄弟要娶媳妇,全靠那几个果子哩!"

刘月英要强惯了,什么事都得按她说的做,认定的理轻易改不过来。到现在她还没改变二儿媳好吃懒做的偏见。实际上,这两年的风霜已经把陈金花磨炼成了一个能经受巨大痛苦会过日子的女人，早已不是那个娇滴滴发号施令的新媳妇了。这一点，老人是绝对错误的。手心手背都是肉，她也不是不疼王得发，多少次在背后里偷偷流泪，为得发求神拜佛。可是，现在给儿娶个媳妇太难了，钱得留着给感谢娶媳妇。王得发好歹连儿子都有了，作为老人也算完成任务了。再说，刘月英一直认为自己去看过王得发，给他带过梨，一定是儿媳馋了自己想吃，或者是想带回娘家。

陈金花两条腿像钉子钉住一样难受，想挪也挪不开，心冷到极点。这时候，如果地下裂开条缝，她会毫不犹豫地钻下去。

她努力抑制住自己那发颤的心音，将眼角欲出的泪强行逼回去，说了一句："那我再想别的办法，我走了！"便迈着僵硬的脚步朝门口挪去，临开门的时候，回过头来道："娘，您头上有草哩。"

刘月英猛地直起身来。她知道在俗语中插上草是卖的，是见不得人的事情。她哆嗦着干枯的右手摘下头上的草，脸上是一种凝固了的尴尬的表情。

陈金花一直在思量，王得发是刘月英的亲生儿子，是她身上掉下来的肉，她为什么不讲情义？为什么这么苛刻？难道她心如铁石？久病床前无孝子，何况是儿子病了！

陈金花一路思忖着，下意识地来到张一山家门前。以前有事没事她总爱串这个门，一山娘总是乐呵呵地和她唠家常，闺女长闺女短的，间或还替她分点忧愁什么的。也不知怎回事，自从一山返回深圳，她们之间仿佛有了某种无形的隔阂，心灵再也无法契合、沟通。病急乱求医,现如今也只好去拜这尊菩萨了。这样想着,陈金花叩响了一山家的榆木大门。

"是嫂子啊,快请进!"二河趿拉着一双皮凉鞋,披着一件碎花外套开了门。

"姨在家吗?"按辈分陈金花该叫一山娘表姨。

"在呢,有事吗?"

"随便转转,好长时间没来了。"

"就是,我以为你把我们家给忘了呢。"二河笑着拍了陈金花肩膀一下,让她感到了一种说不出的温暖。

"她嫂子,快屋里坐。"一山娘从堂屋里伸出头来,招呼着陈金花。

陈金花进了屋,发现里面整洁明快,便说:"姨,咱家咋这么亮堂?"

"我让二河刚打扫的,我寻思着过中秋节了,怎么也得干干净净的,我去下洼镇走走亲家,商量一下事。这不,你姨夫刚摘回来的新鲜梨呢,带过去尝尝。哎,对了,她嫂子快吃梨。"一山娘一边瞅着镜子里的自己,一边招呼二河给陈金花拿梨。

"不,我不吃,刚吃过饭。"陈金花知道一山娘和二河要到赵芳家去,心里很不是个滋味。如果当初订婚的不是赵芳是自己的话,会是啥样子,她不敢想象。她咽下口水,小声问:"俺姨夫呢?"

"上坡去了。"一山娘吐在手上几口唾液,抹在自己头上,用苍老的手掌将头发捋出光泽。这是她几十年来养成的习惯。二河说她不卫生，建议母亲用自己的头油、发胶什么的。她一概不用，用她的话就是还是这个又省钱又省事。

"娘，还有完没完，人家还有事呢！"二河姑娘换上了一双高跟皮鞋，擦得贼亮，将外套系紧，推出了自行车。她绣的花今天交货，农村绣花的人多，交花要排队，去晚了只能排在后面。

"好了，好了，马上走。"一山娘唠叨着，"这孩子，还得到镇上去送花，捎带着我，赶紧呢！"

"那我也走啦。"陈金花知趣地说。她在做新媳妇的时候，也绣过花，现在没有时间了。她很羡慕二河姑娘还能绣花。

"哎，嫂子，你知不知道感谢在不在？"二河扭过头来问她，陈金花一愣。"我想骑他那辆车子，好载着我娘。"二河补充道。

"借人家的干啥，你的坐一回就坏了？我就不信。"一山娘故意装出一副气呼呼的样子说。

"人家不是刚买的嘛！自行车小，容易坏，再说路也不好走。是不是嫂子？"二河的自行车是时兴的永久牌坤车，比大金鹿、千里马等品牌小一号，是女士专用的，二河拿着像宝贝似的。

"那是，那是。我去婆婆家，没注意感谢在不在。"陈金花转身走出屋子，又说，"我走了！"

"她嫂子，再坐会儿吧，别听她死催，她没个准。"

"不坐了，不坐了。"陈金花这样说着，心情酸楚地走出了一山家大门。

八月的太阳挂在当空,仿佛脚步疲惫了,懒洋洋地俯瞰着人间。

陈金花像只无依无靠的羔羊,在村里徘徊。这个肩负生活重担的女人求过的人太多了,一时还真的想不起该去求谁。思量半天,只有一个办法,那就是再去找快嘴大娘。村里多数人家都不宽裕,几个宽裕些的又说不上话,只有快嘴大娘有副热心肠,又有退休工资,还有那个鱼塘,一年到头也能挣些钱,经济上还是可以的。她知道老借人家的钱也不是个办法,可除此之外又有什么办法呢?

她朝快嘴大娘家走去。

"嫂子,吃了? 嗨嗨……"小拉八背着半袋玉米棒从远处歪歪斜斜地走来,见到陈金花便放下玉米袋,喘着粗气。

"吃了。"陈金花看到小拉八,心里头充满着同情。伸手拍了拍他的后背说:"兄弟,你大哥还打你不?"

"喝醉了才打哩,嘿嘿。"

"有空到我家来,我给你补补褂子。"

"还能穿哩,嫂子,有啥活吭一声,嘿嘿……"小拉八傻笑着,对陈金花充满着无限的感激。

苦命的人能相互理解。在这个村里,小拉八感到真正关心自己的人就是陈金花。他恨自己不像个男人,不能多帮陈金花一把。

陈金花瞅着小拉八蹒跚离去的背影,心中涌出一阵感动。连小拉八都知道自己的难处,自己还有什么不能克服的困难呢?

陈金花推开快嘴大娘家那两扇木门的时候,心头一个劲扑腾。快嘴大娘屋里摆放了一张桌子、一个老式立柜和一盘大炕,显得很是宽敞。

陈金花转遍了几间屋子也没发现主人,想他们老两口肯定到鱼塘去了。老两口经常不在家,也不锁门,用他们的话就是锁只防君子不防小人,既然是君子也就不用防了。她正想转身离开,瞅见桌子底下有一筐新鲜的梨子,可能是村里人给老人送的。陈金花这样想着,便想迈出门去,可不知怎的,这次腿竟然迈不开了。

她抓起一个梨看了好久,内心做着激烈的思想斗争:要不先拿点回家,就拿几个,回头再告诉老人,反正也不是什么太贵重的东西。这样想着,她便蹲下身去,挑了几个大的装进她夹克衫的里层。忽然,她拿着梨的手停在了半空。小时候娘对她说的话回荡在耳边:"孩子,冻死迎风站,饿死不弯腰。做人要有骨气!"

她的脸一下子红了。她恨自己太不成器了。这样想着,便将梨拿出来放在筐子里,像做贼似的跑回了家。

瞅着屋中光秃秃的四壁,看着镜中消瘦的自己,陈金花欲哭无泪。此刻,她多么想有个亲人在身旁、对她说几句安慰的话,不,哪怕是看她一眼,她就会满足的。她瞅瞅炕上还在熟睡的小宝贵,那么恬静,那么安然,甚至那么幸福。

（九）

八月中秋月儿圆。张老憨全家吃罢团圆饭，坐在天井里纳凉赏月。张老憨痴痴地望着夜空，烟袋锅里冒着点点红光，随之升起一缕隐约可见的烟雾。天井靠堂屋那一角摆着一张八仙桌，一山娘虔诚地跪倒在桌前一个用玉米皮编织的圆形坐垫上，嘴里念念有词："财神爷，财神公，保佑俺家收成好，天天十五月月年，合家欢乐人团圆。"靠门沿的葫芦架下，则依偎着一对男女在悄悄呢喃，那是二山和月亮姑娘。经过一段时间的相处，老人们默认了这位自己送上门来的二儿媳。

就在这么一种庄严肃穆而又不伦不类的氛围中，一种温柔的家的感觉充斥在这个小小的空间里，就连二河姑娘也放下了几乎从不离手的绣花针，一个人静静地坐在月辉里，摆弄着一山带回来的那台半导体收音机。

"哎，我说老头子，我今天到赵芳家去，那姑娘啥也不说，见了我就哭，让我心里怪没有主意的，别是有什么事！"一山娘烧完香后凑到张老憨跟前说。

"你真是狗嘴里吐不出象牙来，她能有啥事？"

"难说，别是怀上了孩子？"

"你越说越离谱，要怀上了孩子那娃能不来找你？上次你咧咧我就没说你，我看八成是一山这个混账东西把人家气着了。死小子不知打什么主意,他要敢胡来,我非打断他的狗腿不可。"张老憨吧嗒着嘴,重重地吐出一口粗气。

"我看像是一山有什么事瞒着我们。那姑娘除了非要住娘家,别的可挑不出什么毛病。哪次来不是帮着干这干那的,像过了门的媳妇似的?"

"是啊,那闺女也怪可怜的。从小操持着那个家有感情哩。"

"就是哩,从小没娘,又失去了哥。"

"有一段时间没来啦。"

"俩人的意见还没闹完怎么着?"一山娘捶了一下腿,"给一山写封信问问,可别委屈了人家姑娘,就按姑娘说的住下洼镇吧。"

"那可是你养的好儿子!"张老憨磕打一下烟袋锅,站起身回屋去了。

(十)

这些日子以来,张一山内心中一直在做着激烈的思想斗争:是放弃赵芳还是放弃杨琪。夜深人静,一山经常披衣起床,遥望着家乡方向,仰头数天上的星星。他或许是在寻找什么。试着给赵芳写去那信后赵芳一直没有回音,这出乎他的意料。他原来觉得一场猛烈的责骂是少不了的,没想到赵芳用沉默来回答他。沉默是他最不能忍受的。

他几次提起笔来想向赵芳承认自己混蛋,面对着厚厚的一摞信纸不知该写些什么。难道说自己是当代陈世美是负心汉?可自己并没有怎样出息啊!自己不过是个宣传部的小干事,有什么臭美的呢?自己只不过是不想再去面对那种面朝黄土背朝天的生活,不愿再去走父辈们走过的路而已。

(十一)

当晨曦照亮梨花湾的天空,新的一天开始了。没过多长时间,整个梨花湾便被一种声音震惊了:"快去看啊,老梨树被糟蹋啦,有人偷梨啦!"

善良的人们震惊了,愤怒了,家家户户的大人小孩聚集在老梨树周围。

"看——看,在这里!造孽啊,真是造孽啊!"四石匠是梨花湾辈分最高的人之一,七十多岁的人啦,身子骨依然硬朗,浑身有使不完的劲,又好管个闲事,处理个邻里纠纷,村里人有事不去找村干部而大都找他,而他也乐此不疲。

人们发现老梨树的躯干往上斜伸出的一根分枝上,断了好大一个树杈,挂着一条碎花布片,在迎风飘扬,像一面五彩旗。周围糟蹋了不少枝杈,树底下散落着一些梨子。

"是哪个混账造孽,哪里不能去偷啊!"

今天早上，四石匠起早到镇上赶集，在老梨树下抽了一袋烟，发现了这个情况，经他的大嗓门一咋呼，全村人都知道了。

人们三个一堆，五个一撮，聚在一起议论纷纷。最后达成了以下几点共识：一是大人干的，二是女人干的，三是昨天晚上后半夜干的。因为树干上还有几个潮乎乎的脚印，后半夜才能起露。

快嘴大娘自动当起了义务侦探，专往村里的大姑娘小媳妇堆里钻。几天以后，所有嫌疑集中在陈金花身上。

此时的陈金花，正陷在一种悔恨和悲痛的双重折磨中。那天凌晨三四点钟，她终于伸出了那双柔弱的小手，做出了那惊人的举动，但同时她也相信，自己的诚心足以感天动地。

当快嘴大娘推开她家门的时候，她便一五一十说了实情，那从容的神情反而比往常更能使人产生一种说不出的悲怆感，而她木讷讷的"他想吃梨"四个字足以让人无话可说。

快嘴大娘那善良的女人本性充分体现在这样一个场合中，她用颤抖的枯瘦的双手从贴身衣袋里掏出两张五十元大钞，轻轻放到陈金花手上，念叨着："娃，甭着急，会好的，一切都会好的！"

这一次，快嘴大娘没有发布新闻。实际上，在小村这已不是新闻。小村那么小，任何风吹草动也休想瞒得了那些好事的婶婶婆婆们。

对不幸的人们寄予同情，是人之常情，每个人都应该具有这种情怀。小村中的人们又有谁没有让别人同情过呢？何况是身处绝境的陈金花。大家知道,不到万不得已她是不会那样做的。对于陈金花,大家是宽容和理解的。第二天、第三天,连续几天下来,陈金花门口放满了鸡蛋、梨什么的,小村人用自己的行动表达了对她的谅解和同情。

(十二)

中秋节一过,天气明显转凉。快嘴大娘的鱼塘里和村前水库里再也见不到赤脊膊光屁股的半大小子和收工回来的庄稼汉了,到了晚上也不见成群结伙的姑娘们水淋淋地从村外回家了。家家晚上睡觉的时候悄悄翻出了放置了好几个月的棉被,小村上空仿佛弥漫着一股潮味。

三秋大忙季节,是一年中最令人舒心也最让人劳累的季节。庄稼汉们看着一担担的谷子、一堆堆的玉米、一片片的花生,再加上丰收的苹果、梨什么的,无不笑开了怀。八月的秋风飘荡着一种丰收的甘甜。

陈金花在感谢帮助下,把玉米秸子弄回家,把花生收回仓,把腾出来的田地翻了一遍,只剩下一亩多高粱还立在地里。

经过那次事件后,陈金花更加认识到小村人的善良和友好,对王得发康复也充满信心。

这天上午,阳光灿烂,照得人心里暖洋洋的,陈金花便想先把高粱穗割回来。吃过早饭,便匆匆往地里奔去。

一路上她走得很急,膀胱猛烈震荡,产生了强烈尿意。她环顾四周,视线所及处没有人影,她想在路边方便,但她立刻否定了这个念头。因为庄稼地里都有人在干活,说不定谁会窜出来。好在离自己的地已经不远,她迈开步子朝自家那片高粱地奔去。

她蹲在高粱地里小便的时候,发现面前有两只蝈蝈正在逗趣,她索性认真观察起来。一只全身碧绿是公的,一只浑身青紫是母的,互相用长长的触须撩拨对方,须臾,又微微直立起来,用前面的两只短脚互相抚摸,看着看着,她竟入了迷。

远处传来沙沙声响,把她从遐想中惊醒,她发现有一个人朝这个方向走来。她仓皇提起裤子,连腰带也没来得及系,就退到了田垄旁。下面也是一片还没收获的高粱,比她的地低大半米,她跳到下面,悄悄地注视着来人。

来人是王感谢,他是到这里撒尿的。他的红薯地离这几十米远,他正在翻红薯秧,突然觉得想撒尿,一看周围都是红薯地,又想到自己嫂子还没上工,就钻到这高粱地里来了。

王感谢正在畅快地撒尿,忽然发现附近地上有两个尖瘦的脚印,脚印前面是一摊水迹。

难道是嫂子来了?他往四周看了看,一个人影也没有,他自嘲地笑了起来,露出了一排天生有点发黄的牙齿。他笑自己太神经质了,自己来的时候明明看到嫂子在家,肯定是别的女人留下的。

第 三 章

（一）

北风吹,雪花飘,梨花湾一片沉静。

劳作了一年的人们都蜷缩在热炕头上,尽享天伦之乐。这个季节,是村民们最幸福的季节。外面冰天雪地,屋中温暖如春。打打牌,喝点老白干,那种滋润没法说。

王得发回来了,不过不是一个人回来的,后面跟着好几个人,他被人从车上抬下来,要么昏睡不醒,要么木木讷讷,智商近乎婴儿。他是被院方送回的,院方对他的病情已无能为力。

（二）

一味沉溺于不切合实际的爱里,这爱是什么? 就是枷锁,就是桎梏,它脱离现实,虚无缥缈,不接地气。付出应等价,爱更是如此。面对一山自私的爱,明知道痴情换不回爱恋,赵芳还在作茧自缚,陷入泥潭不能自拔。实际上,作为一个农村姑娘,她能有什么办法呢?

赵芳心中苦楚无法诉说,随着自己肚子日渐隆起,瞒哄众人耳目越来越不可能。几次给一山写信催他回家收拾房子把事办了，但一山葫芦里不知到底卖的什么药。自从中秋节一山娘来后，她才知道一山职位又晋升了。这么大的事，一山对自己只字未提，看样子，一山是怕自己缠着他啊。赵芳只觉得眼前那团阴云越来越浓重，以至于让自己窒息。

这些日子，赵芳把腰带勒得越来越紧，可小腹的下坠感越来越强。她曾经想过把这事告诉一山，开始一直羞于出口，倒像是自己做了什么亏心事似的。前几天接到一山模棱两可甚至是想分手的信，她痛苦了一阵子后反而更不愿意把这事告诉他。既然他不再爱自己，拿肚中的孩子来要挟还有什么意思？你说一个大姑娘家还没过门就挺着个大肚子，还不得把老父亲气死？自己一个人怎样在纷杂人世间生存？

有时候她漫步田野，任委屈的泪水横流。她觉得，没有一个地方的树能吐出这样多的氧气，使她能自由幸福地呼吸；没有一处草原能积蓄这样多的露水，以洗尽她脸上的忧伤；没有哪个海洋能发出那么巨大的轰鸣，来掩盖她那颗痛苦的心灵的呼声。

有时候她静静地瞅着母亲的遗像发呆，一呆就是半天。做什么事也没头绪，圈里的猪经常忘了喂。今儿早上老爹上班走的时候瞅了一眼闺女，心想别是有什么病吧？对于赵芳和张一山闹意见的事，他隐隐约约知道一星半点，但他是那种开明的家长，不愿意过多干涉儿女的私事，他相信赵芳就像相信自己一样。她母亲死了快十年了,这个家从里到外都是赵芳一个人顶着,四邻八舍都眼馋这个闺女,说媒的快踏断门槛了,可赵芳就是铁心跟定了张一山。对于一山,老人倒也没啥话说,这孩子挺机灵,也会办事,但年轻人没定性,不定会弄出啥事呢。

这天,全家人吃过早饭各干各的事去了。赵芳收拾好碗筷,又发了一会儿呆,才听到猪在猪圈里嗷嗷叫。她拌了点料,倒进猪食槽里,便回到屋里,翻箱倒柜,把一山寄给她的信又摆在床沿,任自己的眼泪滑过美丽的脸庞。她再次捧起信纸,看了起来。

芳,你好:

接连收到你两封信,很是不安。假如是我伤害了你,请相信那不是我的本意。

近段时间工作特别忙,抽空还得搞点创作,总不能虚度光阴啊!

关于你来信说住谁家的问题,我左思右想,觉得还是得尊重老人们意见,我想你也能理解父母心情。再说,相爱的人住哪儿还不一样,至于你所说的住哪儿是恋爱条件的话我不爱听,也很伤我的心。

以前,我给你的信的意思,我想凭你的文化水平是应该明白的,我只是为你好,并不是故意伤害你,我很奇怪你怎么没有弄明白?也许你真的是难得糊涂!

我清楚地知道自己的分量,自己只不过是齐鲁大地上走出来的农家娃子,是个幻想多于现实的混蛋,你选择我,本身就是一个错误。

是的，我是条矛盾虫，我是个弱者，我是个言不由衷的伪君子。从开始那天，我只是被动的。我向你坦白过，我家穷，我村穷，而你却毫不犹豫地投向我的怀抱，我醉了，醉在心里，醉在脸上，醉在梨花湾的泥土气息中。

可是，在这秋末，却使我很失望。芳，为什么我们就这么坎坷。从一开始就伴随着风霜雪雨，甚至我们还没品尝相恋的幸福，就被伦理道德绑上了十字架。曾记否我们一起走过的美好的日夜？曾记否我们顶风冒雪为了那相聚的日子？曾记否我们醉倒在金黄色的收获里？啊，这一切的一切，让我多么留恋啊！可是，为了你的幸福，我理解你的一切。即使有一天你离我而去，我也不会怪你！

收到你信的同时我也收到了家信，我想矛盾不光属于我吧？什么是真正的爱，什么是真正的情？芳，请回答我！

你们家是比我家强得多，所以在你面前我有一种说不出的自卑感。你问我不到你家算不算同甘共苦？你说呢？我想人往高处走，水往低处流，没有哪个人愿意受苦。对吗？

是的，我曾经幻想着能拥有一个共患难的妻子，今天终于找到了，可你为什么躲躲闪闪？为什么说真心爱我又说责任在我家？你说你摆脱不了俗气当初又为何答应？我的父母没有给予我很多，但我不会去埋怨他们，我只知道他们从我记事起就受了很多苦难,我相信父母会尽最大的力量帮助自己的儿子、儿媳!

芳,你现在有点后悔了吧?我最难以忍受的也就是爱人的瞧不起,我不敢相信你会说什么难听的话。我的大门始终为你敞开,任你自由出入。

至于说何时结婚,我看这事暂时先不谈吧。

如果你感到我不合适,我也不勉强,我们都会有自己的人生轨迹。

为你祝福!

一山

十月二十八日

苍天在上,我到底做错了什么?她仰起脸,闭上两只大大的眼睛,她真不敢相信这是张一山写的信!世界上有什么痛苦能比得上不被恋人理解?有什么委屈能比得上被日夜思念的人误解?或许,压根就不是误解。

忘不了他的呢喃情话,忘不了他的山盟海誓。她想不明白的是,一山到底是怎么了?怎么会这样伤害她的心,把她往死路上逼?

"孩子,妈妈多想看到你出生的那一天啊!也不知道有没有这一天?"她解开自己的衣襟,双手抚摸着自己白皙的肚皮。

一山是个掏人心的家伙啊!赵芳的心已经被一山掏走了,失去了一山,她也就没有心了。

赵芳抬头注视着房间中的摆设,是那么的留恋。这种留恋,缘于一种母爱的本能。二十多年啊,是她用一双稚嫩的小手将这一切抚慰,烙上印痕。要不是哥出了意外,她也不是非住在这里不可,她只是觉得,房子空着也是空着。爹的年纪大了,需要人照料,弟弟还小,对一切都是那么无知。她已经过惯了这种像老母鸡一样的生活啊!她是多么不愿意离开这个家啊!

赵芳静下心来,穿好衣服,找出纸笔,写了起来:

"昨夜,你没听见一个女孩伤心的哭泣吗?你没看见她那幽怨的目光吗?

她说,她正在放飞的风筝断线了,她追呀追呀,可总也追不上,它飞到很远很远的地方去了。

她还说,她心中的问号将永远难解,她将带着满腹的疑问陷进无边的痛苦中,爱的浪花似乎消失,她像做了一个可笑又可怜的梦。"

她说了好多好多。

她哭得好伤心啊!

赵芳再也写不下去了,泪水顺着两颊流下来。

(三)

面对着王得发,陈金花爱怜交加,心急如焚。她意识到是命运在捉弄她。想当年,有那么多条件比王得发好几倍甚至几十倍的人对她示爱,谁知她鬼使神差地嫁到了梨花湾。

面对着酣睡不起的丈夫,她心情沉重而麻木。自己尽力照顾好王得发和儿子宝贵,便是尽了自己做女人的本分。她觉得,王得发痴痴呆呆地在她身边,知道吃和睡,比原来在精神病院或者说在外面疯跑的时候让她安心,她不必再为他东跑西颠,可以安心种好自己的承包地,轻车熟路地搞她的副业。

从秋收到现在,经过了许许多多的日夜,忙点没啥,可以冲淡心中的痛苦。秋收完,玉米和小麦留作口粮,红薯留作猪饲料,花生换了四百多元,高粱换了一百多元,卖了一头猪有五百元,毛收入共一千多元,去掉各种提留、集资款项以及王得发的一部分住院费和少得可怜的生活费,只剩下二百多元,随后还有一个漫长的冬季,儿子宝贵的花销还有明年的化肥、种子以及水电费等,还账的愿望落了空。她希望王得发快好起来,和她一起发家致富,过几天舒心日子。可现在这个希望也落空了,一时间,她成了世界上最无助也最坚强的女人,她把一切愁苦锁在了心底。

漫长的冬夜里,折磨陈金花的还有精神上的痛苦,有几次村里几个小伙子晚上来玩赖着不走,半夜里有人敲门,这些,都对陈金花造成心灵上的伤害。你们把我陈金花当成什么了,我陈金花是个正经人!她不止一次地在心里呼喊。有时候,会没来由地猛捶一顿墙壁,或者咬宝贵一口,在孩子的啼哭中寻找那一丝丝快感。

她多么想在漫长的冬夜里，与相爱的人相拥在被窝里，说说内心痛苦，诉诉那人间温情啊。

陈金花明白，世上没有救世主，一切还得靠自己，全家三口人以后全靠她自己了。

（四）

当赵芳红肿着双眼将八百元钱退还给张老憨时，张老憨才真正明白自己儿子的能耐，才知道自己儿子做的好事。这八百元钱是一山订婚时两个老人塞到赵芳手里的。

"叔，婶，这不怨一山，都是我不好。我走了，如果一山回来了，代问他好。"当赵芳留下这句话将瘦削的身子挪出门外的时候，一山娘才明白过来这是怎么一回事，她大叫一声"闺女——"追出门去，门外已经不见人影。

"混账东西！"张老憨念叨这句话的时候，眼睛像蒙上了一层霜，使他的目光更加迷蒙。

两位老人都知道，赵芳是好孩子，有规矩，懂礼貌，对谁都像一面镜子，两位老人都说是一山修来的福分，他们也许还不知道，一山已和姑娘那个了，更不知道，赵芳肚子里还有老张家的骨血，已经四个多月了。昨天晚上还张罗着把这姑娘娶进来哩。前屋四石匠的大儿子，家里什么也没有，眼瞅着要加入光棍队伍，前些日子到外面去打工，竟领回一个大姑娘，什么手续也没办，现在肚子都挺出来了。看人家那么利索，真叫张老憨眼馋，要不是一山是老大，先给二山办了，也好给家里留下香火。但他也搞不清二山葫芦里卖的什么药。二山现在和月亮姑娘感情越来越深，走到哪儿都形影不离，可就是闭口不提完婚的事。前些日子老光棍找上门来，二山二话不说就给了人家五千元，让老两口心疼得一晚上没睡觉。而现在，赵芳要退婚，肯定一山在背后搞了什么鬼。让二山给一山写了信催他回来把事办了，也没回音。就这么和赵芳吹了，这多亏欠了人家姑娘啊！尤其是一山娘，觉得赵芳母亲去世了，便把她当成亲闺女看，心疼着哪！一山从小就很难缠，比一河二河二山要难调教得多。这孩子心眼活，但什么事只要认准了就走到底。上学那阵子由于气不过老师偏向，竟逃学一个星期，弄得班主任死活不要。而一山更是邪乎，说你不要我还不上呢！第二年听说换了班主任，又死缠硬磨去上学，还要回原来那个班，班主任就把他收下了。一年没上学，丝毫没影响他的成绩，在班里依旧名列前茅。

正当两位老人在为儿子的事伤透脑筋的时候，快嘴大娘提着两条鱼走进院子里。张老憨忙抬起头，勉强笑了一声说："老嫂子，你来啦！"

"来啦，老李（快嘴大娘一直这样称呼自己丈夫）从鱼塘里逮了两条鱼。我刚才在路口时看到了咱那闺女来了，我过来看看。"

"别提了，孩子走了！"一山娘迎出来道。

"怎么回事,咋的让她走啦?"快嘴大娘预感到出了什么事,竖起了她那两只极具新闻敏感性的耳朵。

　　"不是咱让她走的……"一山娘把刚才发生的事一五一十地和快嘴大娘说了一遍。快嘴大娘和这家老人们交情很深。不光是一山救过她的命,还有就是在一块儿共同生活了那么多年结下的深厚情谊。快嘴大娘经常唠叨说:"不容易啊,到这步田地就了不得了,当时全村就咱们两家生活不好,人家笑话咱,今儿个翻过来了,该知足了。"唯一让她不满意的就是一山一直拖着不结婚。所以她看到赵芳来后马上赶了过来。

　　"但愿别出什么事……"快嘴大娘喃喃自语。在事情没弄明白之前,她已经学会不乱说话了。

　　"给一山写封信,问问这小子到底想干啥?"她对张老憨老两口建议道。

　　"就是不能弄出别的事,要不然对不起那孩子。"张老憨念叨着。对赵芳,他和老伴一样,心疼得很。同时,对于那位过去是下洼村大队会计、现在是陶瓷厂副厂长的男亲家,更是佩服得五体投地。人家知书达理,从不胡来,把几个儿女调教得温驯、善良。这些,张老憨就不敢比。除了两个女儿还算听话外,两个儿子他一个也管不了,尤其是婚姻大事。

　　"就是,大兄弟。我告诉你件事——小拉八他爹死得不明不白哩……"

"你说什么嫂子?"张老憨老伴抹了抹红红的眼睛,凑了上来。

"大家都说是他哥喝醉了把他爹掐死的!这事可千万别张扬!"

"嫂子,这咋可能呢?"张老憨说,"小拉八他爹身体一直不好,是病死的吧?"

"也是别人告诉我的。说他哥喝醉了酒,父子俩发生争执,他就扑了上去,咔吧……"快嘴大娘做了个手势,"要不才六十多岁的人咋就不明不白地死了呢?"

"就是哩,大家都觉得挺蹊跷的。"张老憨老伴附和道。

"那老头真要是那么去了,也是享福。"张老憨嘴里幽幽地冒出这么一句。

"就是哩。"快嘴大娘附和着说,"现在世风日下,什么事也能发生啊!"

三个人又念叨了一会儿家长里短,快嘴大娘说:"我去陈金花家看看,赵芳那闺女说不定做出什么事呢?"说完便转身走了。

快嘴大娘猜对了,赵芳出了一山家后身不由己地来到了陈金花家。

看着躺在床上呆呆傻傻的王得发,看着被生活折磨得过早衰老的陈金花,看着活蹦乱跳在院中逗老母鸡玩的小宝贵,赵芳那满腹的伤心话竟无从谈起。她知道,比起陈金花所受的磨难,自己眼前的事已经算不了什么了。

陈金花见赵芳表情木然，吓了一大跳："芳姐，你是咋搞的？"

"我来给一山家送钱啦——我什么也没有了，我完了，啥也没有了。"赵芳幽怨地说。

"那怎么可能呢？"

"有什么不可能？他在信中都说明白了，我不愿意像条狗一样摇尾乞怜，我不愿意我爱的人受一丝委屈。我知道，或许也是我不好，不该这么做。但是，我不想欠他什么。既然他想分手，我就成全他！"赵芳有气无力地说，"金花，有件事我想求你……"

"你说啥话哩，咱俩谁跟谁？"陈金花说这话时有些气短，她甚至都不敢正视赵芳那双红肿的双眼。

"我想让你告诉张一山，关于说住下洼镇是结婚条件的话是违心的，我知道这话错了。如果是这话伤了一山的心，请他原谅——这不是我的本意。我只不过是想刺激他尽早办婚事而已。事实证明我错了，我完全错了！我没想到给一山造成那么大的伤害——"说着，赵芳啜泣起来，"我现在里外不是人啊！"

"芳姐，你别往孬处想，你再怎么着还是自由的，不像我像个囚犯似的。至于你们俩的事，我想只不过是误会而已，一山早晚会明白过来的！"

"误会？金花，别傻了！我也不是小孩子，他想打我一棍再给个甜枣吃吗？女人，伤她容易补她难！我的心已死了！"赵芳说这话的时候，表情挺复杂的。

"人,谁能没个错?得饶人处且饶人,毕竟我们年轻啊!"陈金花说这话的时候,像是向赵芳忏悔。

"金花,我还是留恋我们上学那阵子,虽说苦点,但每天是那么开心,笑个不停,叽喳个不停,不管遇到多大打击和磨难,总能笑着去面对。这辈子,认识了一山,我觉得还是不后悔。毕竟他给了我那么多的快乐!"

"是哩。"陈金花眼前也浮现出她们几个有说有笑有打有闹的情景,那时候的感觉是那么幸福,那么甜蜜,"人,还是不长大的好!"

俩人一时竟无话说。只有院子里老母鸡的咕咕叫声和小宝贵的咯咯笑声。

"闺女,你们在家啊!"快嘴大娘闯进门来,看见赵芳,老眼一亮,兴奋起来,蹒跚着走到她面前慈祥地说,"闺女,你可千万要想开些,你与一山的事,我都知道了,我觉得你们是在胡闹。年轻人谁没有个脾气?勺子还有不碰着碗的?两口子哪没有个磕磕绊绊的?心大一些,啥都好了。一山要回来,啥事也好办,一切都会好起来的!"

"大娘,我知道哩。可我没时间了!"

"胡说,日子长着哩!我和你大爷也是三十多岁了才成家哩。"

"就是,芳姐,我还是那句话,心放宽些,啥都有了。人活一辈子不易哩。"

"可他就那么不尊重我,一而再再而三地伤害我,大娘,你不明白的,一山是想留在城里,嫌我是累赘呢!"

"他敢?我就不相信一山会当陈世美!"大娘气呼呼地说,"闺女,都是大娘害了你,不该给你们牵线,这让我们老两口以后有啥脸面去见你爹呀,唉!"

"大娘,您老也甭过意不去,这都是命!"

"是哩。"陈金花若有所思。

"大娘,您和金花再拉会儿呱,我先走了。"赵芳说完,扫了一下陈金花空落落的家,朝玩得满头大汗的小宝贵喊,"宝贵,大姨走了,要做个乖孩子啊!"

"大姨,我送送你。"小宝贵扔下手中的竹棍,离开咕咕叫着的老母鸡,伸出那双冻得通红的小手拉住了赵芳。

"不用,真是个听话的好孩子!"赵芳用纤细的双手在小宝贵乱蓬蓬的头上抚摸着,眼角又湿了,"头发该理了。"

"是哩。"陈金花接口道。

"宝贵快长大吧,长大了好替你爹你娘争口气!"赵芳捧起宝贵那脏兮兮的小脸深情地说。

"宝贵,让你姨走吧,进来跟奶奶玩。"大娘看见小宝贵就忘记了一切,那双笑眯眯的老眼中流淌着无尽的爱意。

赵芳转身朝门外走去。

陈金花看着赵芳有点微胖的身材,心里突然有种异样的感觉,她追到门口,脱口喊了一声:"芳姐——"

"哎——"赵芳疑惑地回过身来。

"噢,这……"陈金花显得语无伦次,把口中的话又咽了下去,问了句不痛不痒的话,"你冷不冷?"

"不冷。"赵芳惨然一笑,转身往前走去。

路过老梨树的时候,小拉八正坐在梨树旁的一块石头上晒太阳。看见赵芳走来,他老远就站直身。他想,如果赵芳跟他说话,他就告诉她一件事。

赵芳快到老梨树跟前时才注意到他,便问:"李娃兄弟,你有事吗?"

小拉八趔趔趄趄地走向前,在距赵芳一米远处站定,嗫嚅着说:"嘿嘿,我在等……等你哩。"

"等我?"赵芳吃了一惊,感到很奇怪,暂时从麻木状态中回过神来,"你有什么事?"

"嘿嘿,我见你从一山家出来又往陈金花家……家去了,看你的表情不……不对劲,快嘴大娘说……说你要……要和一山吹……吹哩,嘿嘿。"

"这管你啥事?"赵芳说完便想离去。

"嫂子……嘿嘿,我一直叫你嫂子,你先别忙着走,我要要和你说个事哩……"小拉八看赵芳想走,急了,"你跟……跟一山吹……吹了?"

"吹了！"赵芳发着恨说。

"有……有件事不知该……该不该说哩？嫂……嫂子，你是唯一叫我姓名的人，我……我不愿意你不明不白……白地受……受委屈哩。嘿嘿。"

"怎么？"

"按……按说一山和陈金花都对我挺……挺好的，我……我不该说他们的坏话……"

"到底怎么了？"赵芳这才重视起来。

"干……干脆我就直说了吧。"小拉八凑前一步，"你和一山的矛……矛盾陈金花有责……责任哩。"

"咋的？"赵芳大吃一惊。

"那……那是上次一山回来的时候，我……我经常看到一山往陈金花家钻，有……有几次都是晚上王得发不在的时候，半夜里才出来。嘿嘿……你别……别着急啊……"小拉八顿了顿，又说，"以后我注意他们俩，觉得不对劲，我真心希望你……你和一山能成，一山对我挺……挺好的，小……小时候还救……救过我，他以为我忘了，我记……记着哩。"

赵芳只觉得天旋地转，后面的话就听不到了。

90

（五）

赵芳死了，在下洼镇的水库里发现了她的尸体。

赵芳没有留下任何遗言、遗书之类东西，所有她的东西都摆放得整整齐齐，只是她的所有信件全部不见了。

她走了，走得清清白白。显然她是有备而死，衣服穿得整齐，也绑扎得整齐，陈金花在给她换衣服的时候，只好用剪刀将腰带剪断。

陈金花做这些事的时候，两只手一直在发抖。她发现了赵芳的秘密：她带着身孕离开了这个世界。

陈金花这才真正明白了赵芳从一山家出来后的那种表情。赵芳当时喃喃自语："我什么都没有了，完了，一切都没有了！"陈金花就说她："别傻了，赵芳，你怎么着还是自由的，你看我……"

当时赵芳笑了笑，那种表情挺吓人。陈金花突然恨起自己来，当时怎么就没多安慰她几句，或者把她留下来。要是那会儿多给她点温暖，结局兴许不会这样。她这样想着，用枯瘦而粗糙的手抚摸着赵芳泡得发白了的躯体，任热泪流个不停。

春寒料峭，赵芳那双闭着的眼睛同以前一样美丽，仿佛睡着了。

张老憨买了几捆酒和几条好烟，耷拉着头，像个犯人似的，悲壮地来到"亲家"面前。在赵芳的遗体前,老人颤巍巍地扑通跪倒,说了一声:"先走为大啊,孩子,我给你跪下了。"便悲凄地呜咽起来,脸上老泪纵横。

过了好久,赵芳爹双手将他扶起,说:"老哥,他们俩不是一家人啊,我孩子没那个命啊!"

两位老人静静地站立着,红着眼睛对视着。好久,赵芳爹拔出旱烟袋揞满烟末递给张老憨,说:"抽吧。"一句实实在在的话,表明二人恩怨全消。

赵芳的妹妹、弟弟在号啕大哭,赵芳爹、李顺利、张老憨,还有几个男人,都在低头抽烟。快嘴大娘和一山娘在一边偷偷抹泪,她们都是好人,好人是该掉泪的。

赵芳这一走,打击最大的是她爹。赵芳爹平日里嘴上不说,心里最疼的是这个女儿。妻子病故的时候,赵芳才十三岁,上到初三那年,说啥也不去上学了,就在家里种地、喂猪、做饭、收拾家务,里里外外一把抓,没过一天清闲日子。平日里寡言少语,没想到性子却是这样刚烈。唉,平日里多开导她一下,也许就不会发生这事了,现在说什么也晚了!

对于赵芳的死,赵芳爹和张老憨商量后,决定暂不告诉一山。赵芳弟弟嚷嚷着要去状告一山,被他爹打了一巴掌,便不吭声了。赵芳爹清楚,这件事一山负主要责任,要是捅到单位上去,兴许他的前程就完了。人已经死了,也不能复生,年轻人混到这步田地不容易！

多么开通的老人们啊！

一个生命的终止,就像鲜花被人掐断一样。生与死之间只是一道门而已。如果一个人对自己的前途感到绝望,那么不管她或他是死是活,心已经进入坟墓,是行尸走肉。赵芳属于新时代的守旧者,她生活在改革开放的新时代而思想却停留在封建的旧时代,她信奉的是爱情至上、从一而终。她认为,订了婚,在当时的农村来说就是结过婚了。分手之后,一个人带着个孩子没脸活在世上,她失去了活下去的勇气。而她周围的人,在关键时刻都没能及时地拉她一把。

这时候,满山迎春花刚刚开放。

(六)

陈金花的精神快要崩溃了,先是丈夫的病,就这么不死不活地拖着,接着又是赵芳的死,对她的打击简直太大了。

法国作家雨果说过:人走了患难的路,每一分钟都显得很长。这在陈金花身上体现得淋漓尽致。从与王得发结婚开始,沉重的家庭负担便让她喘不过气,折磨得她人不人鬼不鬼。这些都不算什么,让她感到最痛苦的是赵芳的死。假如她没有与张一山产生情感,一山与赵芳兴许不会吹,起码不会这么快,赵芳也不一定会死。她觉得,赵芳的死,自己负有极大责任。

这些天来,陈金花精神恍惚,浑身无力,每天勉强支撑着起来,伺候大人、孩子吃完,然后便倒在炕上,和王得发一边一个静静地躺着。

这期间,王感谢来过几次,帮着将院子里七零八落的东西整理好,把屋子整得利落一些,又把前几年安装的坏了的自来水管修好,往往是活干完便一声不吭地走了。

(七)

知了在不知不觉中叫醒了炎热的夏季,太阳炙烤着大地,老梨树依然生机焕发,浓荫遮天蔽日。

中午时分,老梨树下便热闹起来。天真无邪的孩子们三个一堆、两个一簇,在大人们的圈圈里到处乱窜。远处,不时传来一两声在母亲怀里吃奶的婴儿的啼哭声。男人们凑到一块吧嗒吧嗒地抽着旱烟,议论庄稼长势,预测今年收成。自从实行家庭联产承包责任制以后,农民的生产积极性被空前激发,粮食产量大大提高,农民生活水平也不断提高,基本上解决了温饱问题。但是,地处山地的梨花湾,多数坡地要靠天吃饭,从老农们那紧皱的眉头上不难看出对今年收成的担忧。

正在绣花的大姑娘一个个打扮得花枝招展,把在树底下凑热闹的小青年撩拨得坐立不安,便故意脱光脊背,只穿一个大裤衩展现自己那强健的肌肉,以期打动姑娘芳心。事实确实如此,姑娘们看似在低头干自己的活,她们的心思却在盘算谁的肌肉结实,谁的脸蛋英俊,时间长了便忍不住凑到一起,叽叽喳喳地评论着,间或爆发出一串串开心笑声。二河姑娘的目光经常有意无意地落在在远处吞云吐雾的王感谢身上。

妇女们凑到一块更多的是议论家长里短,夹杂着她们纳鞋垫的吱啦声。

老人们自顾自地抽着烟,烟锅散发出热量,但是谁也不愿把这一嗜好扔掉。这不是普通的一锅烟,而是老农们的生活啊,他们将烦恼、痛苦一股脑儿抽进肚里,然后毫不留恋地吐出来。

快嘴大娘最近基本上不在这样的场合露面了,这使善良的人们有些失落,她们已经习惯于大娘在她们当中造成的那种活泼、神秘的氛围。大娘的存在就像一部机器的某个环节,一旦缺失便会影响到全部运转过程。所以,人们一致担忧起来:大娘这是怎么了?

(八)

经过了那么多事,陈金花变得更成熟了,身板也变得结实多了。原来黄白的脸庞变得红润,那弱不禁风的身躯也健壮了,那双凹陷进去的眼睛也透露出对生活强烈的自信。

陈金花已经习惯了在夹缝中生存,虽然这个季节对陈金花来说是最困难的。每年春夏之交,除少部分富裕户外,大多数人们都要受到煎熬。去年的粮食除掉公粮和必备的口粮外,全部换成了现钱,以应付今春的化肥、农药、种子等的开支。麦子还没有收割,更谈不上换成钱来用。王得发的病越来越严重,几天一服药还是无济于事。陈金花却顽强地认为,自己的丈夫的病一定会好转,她坚信好人必有好报。

她去翻耕土地的时候,发现不知让谁给翻了过来,散发出一种清新湿润的泥土气息。山前三亩小麦,也已经锄过松了土。

陈金花怀着复杂的心情,在翻好的地里漫无头绪地走着,无意中从地头沟沿处发现了一双布鞋的半块鞋底,她捡起来细细看了半天。

在回家的路上,她猛然想起昨天在与婆婆院子中间的院墙上,她看到晒着一双布鞋少了一块鞋底,那是王感谢的鞋啊!

(九)

这天早上,天刚放亮,王得发突然跳起来叫嚷头痛,陈金花惊呆了,站在一边束手无策。

王得发双手青筋毕露,使劲撕扯自己的头发,一缕缕头发让

96

他铁钳似的手扯得零零落落。陈金花这时才反应过来,扑到他身上搂住他大声哭喊:"得发,你怎么啦?你别吓我!"哭声传遍小村,公公婆婆还有感谢赶过来,王得发已经将陈金花摔倒在炕下,他自己的头在墙上碰个不停,血顺着额头、鬓角汩汩流下,灰白的墙壁上满是血迹。感谢和他爹扑上前去将王得发摁倒在炕上,一会儿就被王得发掀到一边,猛的一头朝墙上撞去。只是他搞错了方向,冲到了炕下的水泥地上,大叫一声昏过去了。

村里几个壮小伙子和感谢将王得发弄上二山的三轮车,将他送到下洼镇医院。陈金花在后面披头散发、跌跌撞撞地跑着,二河撵上她,搀扶着她朝下洼镇赶去。

王得发死于下洼镇医院,据大夫说是脑血管破裂。

(十)

王得发的坟修在王家坟地偏僻一角,因为父母健在,做儿子的先走本身就是不孝,不能傍依祖宗。小村早已实行火葬制度,不像过去土葬时掘的墓坑。王久穷和王感谢请村里专门管办红白喜事的人员挖好坑,请匠人用砖头并排砌成两个长一米宽半米高半米的坑,在正北面墙体上留了一个小洞。坟前一块一米长半米宽的石板作为供桌,好让后人前来祭奠。

当哀乐在小村上空飘起的时候,老梨树默默地注视着送葬队伍,王老三、王久穷、王感谢、小宝贵等几个男人走在最前面,刘月英和陈金花走在中间,快嘴大娘、李顺利、张老憨等走在最后,刘月英的大嗓门缭绕在队伍中:

苍天哪,睁开眼吧——

我们没做什么亏心事啊!

怎么就白发人送那黑发人?

老天哪,睁开眼吧——

怎么不让我先走啊?

几个老人一路上念叨着:"这孩子,怪可怜的,疯归疯,可没伤害过任何人,甚至也没有损害小村的荣誉。"

陈金花穿着丧服,双手捧着个小木匣,里面装着王得发的骨灰。小宝贵披着大白布,双手捧着爸爸遗像,呜呜哭着,眼泪顺着下巴向下滴。五六岁的小孩子还不很懂事,但他知道永远也不会再见到爸爸了。

送葬队伍出了村庄,顺着沟坎间的小道向墓地走去。

墓地安葬仪式由四石匠主持。供桌上放着一盏油灯,还有鸡鸭鱼肉、糕点饽饽,前面放着两个酒杯、一个酒壶,桌前放一堆烧纸。帮忙的两个年轻后生各持一挂鞭炮立在供桌两侧。陈金花和小宝贵站在供桌最前面,所有送葬的人们按长幼顺序依次站立。

当四石匠宣布仪式开始的时候,哭声顿时响成一片。

族中两位长者一个从陈金花手中接过红木匣,在供桌前说了

"孩子,别害怕,去天堂找祖宗去吧"之类的话,便把王得发的骨灰盒放到靠东面坑里,另一个人从供桌上端起油灯,让王感谢点着,把那堆黄纸用油灯引着后把灯放入墓室北面留好的洞里。在坟前摊开两大袋子烧纸,四石匠让人点着火,感谢按照事先安排好的顺序将两杯酒洒入火中,拿起筷子夹着菜和馉馉丢入火中,拿起燃着的黄纸分发到各个祖先的坟头上,再斟满两杯酒洒入王得发墓穴里。

本来这活应该是宝贵干的,但现在他还小,只能由王得发的弟弟王感谢代替。二河姑娘躲在人群后面用红红的眼睛注视着感谢背影。这个时候,她觉得感谢很有男人味道,就像一块璞玉一样,经得起雕琢。

四个年轻后生抬起旁边预备好的青石板将墓穴盖住,把靠西那个留给陈金花的空洞穴也盖住了。

族里的男人们便铲起旁边的黄土将两个坑埋成一个高大的圆丘,最顶上套上用松柏扎好的花环。最后奏响哀乐,燃起两挂响亮的鞭炮。做这一切的时候,陈金花和小宝贵像两个木头人似的,浑身麻木,毫无知觉。

第 四 章

（一）

又是一年梨熟季节。

村头老梨树的枝丫伸展在灰蒙蒙的天空中,像一朵巨大的蘑菇云笼罩在小村上空。上面的梨子被阳光一照,在浓密的枝叶中像星星闪闪发亮。

梨子熟了,梨花湾飘荡着一股甜甜的气息,到处充盈着丰收味道。

二山和月亮姑娘举行了隆重热烈的婚礼。本家几个兄弟姐妹都回家帮场,一山也特意请假从深圳赶回来,又使婚礼增色不少。一山从婚礼开始一直到结束都是满面春风,兴致盎然,甚至压倒了婚礼主角二山。

张老憨一大早躲在一旁忙着用快壶烧开水,放着新买的液化气灶不用。老汉心疼那几个钱哩。木头山上有的是,加上刮果树腐烂病带回的树枝,用木柴烧水省钱。当村中的几个老头笑话他时,他还振振有词地说木柴烧的水好喝,用液化气和煤烧的水有股怪味。实际上,他说的也不是毫无道理,木柴烧出来的东西具有特殊的味道。他跑前跑后，将屋中的所有暖壶灌得满满的，又跑出去借了八把暖壶。整个院子里被他弄得乌烟瘴气，把老伴气得直嘟囔。

二山的婚礼放了三千头的鞭炮，又请了唢呐班子，方圆几十里都知道有人在办喜事呢。

为了这婚礼，快嘴大娘和老干部拉了一网鱼。张老憨家里飘出的那股鱼香弥漫在小村上空，和着爆竹散发的烟气、梨子的香气、庄稼成熟的味道，吸吮到肚里是一种甜甜的感觉。

快嘴大娘站在院外看着这热闹的一切，脸上似乎没有什么表情，一站就是大半天。

"大……大娘，看热……热闹哩。"小拉八凑到大娘跟前说。

"看看。"大娘见是小拉八，把小拉八往跟前拉了拉，把他的衣襟整了一下说，"还有的吃吗？"

"有哩。大娘，嘿嘿。"

"你个孩子，就知道傻笑。"快嘴大娘一脸慈祥地说。

陈金花躲在自己房屋中，像一只孤独的小鸟，无依无靠，耳畔中充塞着那震人心弦的唢呐声，眼角挂着一丝丝凄凉。丈夫去世后，她把一切都看得淡了，每天都像个机器人似的。不管怎么样，日子还得照常过啊。好死不如赖活着，再苦也得活着。泡在苦水中的人，对苦没有特殊的感觉。一个人苦味尝得少，知道苦的是苦的，吃苦吃多了，就说苦是甜的。但是，从昨天晚上开始，她竟心乱如麻。早上王感谢过来帮她整理猪圈的时候，告诉她一山回来了，她当时没说什么,可心里有点不是个滋味。一天下来,几乎没吃什么饭,她不知自己是怎么了。

"娘,娘,你看,糖——"五岁的小宝贵颠着小步从外面跑进来说,"外面可热闹啦,好玩!"

"过来,不许瞎闹!"陈金花回过神来,瞅着自己的儿子,双眼蒙上了一层薄雾。自己也曾经历过那热闹的场面,经过那洞房花烛不胜娇羞的一刻,经过两颗心紧贴在一起的醉人感觉。而现在——她不敢想下去了。

"孩子,在家哪——"快嘴大娘紧跟着小宝贵从外面佝偻着身子走来,"我看见小家伙一个人,怕有什么闪失,就跟来了。"

"是大娘啊,快屋里坐。"陈金花忙不迭地说,"宝贵都大了。"

"是哩,大了。"大娘喘了口气说,"你没过去瞧瞧……"

"有什么好瞧的呢?"陈金花叹了口气。

(二)

张老憨第一次娶儿媳妇进门,乐得不知说什么好。他还没有告诉一山赵芳的事,他想找个机会好好和一山谈谈,眼下先把二儿子的喜事办了。虽说赵芳的死对自己家影响很大,但是,儿大当婚女大当嫁,二儿子和月亮情投意和好长时间了,再拖着也不是个事。再说了,人都死了,你就是把一山打死也换不回赵芳一条

102

命,毕竟一山是自己的孩子。

这次办二山的婚事,张老憨很郑重,专门去县城租借了四辆夏利车,头天让月亮住在一河婆婆家。早上,便由二山驾驶着他那辆油漆一新的机动三轮车,车上坐着请来的唢呐锣鼓班子,后面跟着四辆红色夏利车,由一山押车,还有四个伴娘、两个伴郎,威风八面地把月亮接了回来。那气派,那架式,风光了梨花湾,惊动了下洼镇,瞧啊,又是哪个暴发户办喜事哟。实际上,张老憨这一折腾,花光了所有的积蓄。但人就图个脸面,这是家庭会议通过的。

月亮一整天都是羞羞地低垂着头,被那红红的衣服包裹得严严实实,在农历九月的阳光照射下红得发光。她全身心地爱上了二山,她全身的热血都在沸腾。她庆幸自己终于在远离家乡的地方碰上了一个好男人。她已经彻底从噩梦中醒过来了,心里充满着对美好生活的向往。她打心眼里热爱这个生活了近两年的家、慈祥可敬的双亲、热情泼辣的二河妹子、老实能干的姐姐,还有那能写点东西的一山哥。更重要的是,自己有了主心骨,有了大半辈子的依托和精神上的靠山,找到了自己的另一半。几个月前,二山陪她回了趟四川老家,父母对二山也非常满意,这事就算定下来了。从那时起,她就天天盼着今天的到来,她怎么能不感谢上苍赐予她的幸福呢?!

所以,今天的她陶醉在幸福中,醉得是那样美丽动人。只要有二山在身边,天大的困难她都不怕。虽然她隐约感觉到,这幸福来得太快了,让人一时消受不起。还有那深山里的老光棍,真怕他再找上门来,饿狗是喂不饱的。她认识二山的时候随口说了个假名月亮,就是抱着这个目的。她就喜欢二山那种痛快劲,还有用钱时的大方。当二山甩给厚着脸找上门来的老光棍钱时,她已经打定主意要嫁给他了。那次回老家,二山才发现她不叫月亮,但他说就喜欢叫她月亮,张老憨全家也愿意叫她月亮。实际上,相爱的人在一起,别的算不了什么!

这是一个美妙的秋天的夜晚,大地似乎梦幻着恋情,太阳的初吻给它带来了安逸和幽思;由于大地具有慷慨的心情,它已经把这一切告知了人们,村边的梨树也在倾吐着情话。秋风顽皮地从地面上拂过,吹得人们神迷心醉,一切都充满着懒洋洋的倦意和快感。

躺在二山宽厚的臂膀里,月亮知道了什么是靠山。

(三)

二山完婚后,告诉了一山赵芳的事。一山惊呆了。这大半年来,他一直没有赵芳的消息,心里忐忑不安,但他没有想到会是这种结局!尤其是二山告诉他,说赵芳的死讯赵芳爹不让告诉他,说与你没有关系后,他更是觉得无地自容,与赵芳和赵芳爹相比,自己真不是人啊!

当他在赵芳爹面前长跪不起的时候,老人用一双因为悲伤显得浮肿的老眼瞅了一山半天,什么也不说默默地走开了。赵芳她妹妹把一山送出门外,说我们两家没有任何关系了,请走吧。说实话,这已经是对他最大的宽容。朴实的乡下人啊,那心纯净得像面镜子,让一山着实受到了良心谴责。

接下来的日子,一山在下洼镇和梨花湾这两个地方来来回回地走,走过他和赵芳走过的每一寸土地,回忆他和赵芳的往事,尽情地吸吮着她们留下的味道。他是多么不愿意这么个结局啊!他万万没想到赵芳会寻短见,他要知道这些,宁可平庸地与赵芳度过一生。每天晚上他都要在老梨树下耗掉大半夜时光。张老憨试着和儿子交流,但是凑到跟前却不知说什么好了,只好抽着老烟袋,默默地陪着儿子,一坐就是半天。

一次吃完早饭后,一山听到在偏间里忙着刷锅刷碗的娘叹息一声:"娃,总还是小哩。"虽然声音很小,但张一山却听得清清楚楚。一个"小"字,可以包容儿女多少错误啊。一山禁不住涕泪横流。老娘侍弄这个家,付出了多少辛苦。他清楚地记得小时候盖起屋来,因为家徒四壁,父亲闯了关东。由于家里穷,没有钟表,早上上自习需要早起,母亲在寒冬腊月一天要起几次夜看星星。他每天捎的饭不是玉米面饼子就是地瓜面饼子甚至是一包地瓜干,是班里同学生活最不好的一位,有时候捎来的干粮都不好意思在教室里吃,就偷偷到无人的角落吃。穿的衣服是母亲一针一线缝制的,夏天一件单衣,冬天一件棉衣,没有个替换。母亲从小对他宠爱有加,生活再苦也没有让他饿过肚子,家里的每一页地瓜干,有虫眼的地方不是母亲吃就是父亲吃;家里的煮地瓜,坏的地方总是让父亲或者母亲吃掉,把好的留给孩子们。早年的光景经常在他的脑海中浮现,也让他倍加珍惜现在的日子,使他更加在乎母亲的感受。而回想起自己的所作所为,尤其是糊里糊涂的恋爱观,是多么让母亲伤心啊!

说实话,由于二山刚结婚,家中来来往往的人比较多,需要应酬的事也多,多少冲淡了一山心灵的阴霾,让他获得暂时的轻松。可是到了客走人散,二山与月亮姑娘新房的灯灭了之后,等他真正静下心来的时候,沉重的负罪感又袭上心头。

这晚吃过饭,一山静静地坐在葫芦架下想着心事,不知什么时候,二河姑娘悄悄凑了上来。

"哥,你又在想啥哩?"

"没啥。"

"哥,您别骗我啦。我知道您心里难过。"二河看着一山说。

"妹子,你说实话,哥算不算个好人?"一山把二河的肩头扳过来,借着门口朦胧的灯光,盯视着二河,幽幽地说。

"哥,我知道您是个好人。咱村有很多好人。"

"陈金花算不算好人?"

"哥,咋的？"

"我……算啦。妹子,有时候理解别人是很难的。再者,活着也很不易。陈金花嫁给王得发就很不易。"

"哥,以后我嫁个人不管他穷富,只要他身体健康。"二河瞅着一山感慨地说,"要不,像陈嫂子,那么苦……"

"是哩。妹子,以后最好从城里寻个对象,城关的也行,光身体健康也不行。妹,你太小,不懂事哩。"

"哥,我觉得这无所谓,只要人好。"

"不,要寻个城里的。"

两个人半天无语。

"哥,你说这人也挺有意思,小拉八现在要饭吃了。"二河打破沉默,换了个话题。

"要饭？在二山婚礼上我看见小拉八在看热闹哩。"

"他爹死后,他跟着大哥过。这两年农村收成差,他大哥养不起他,他就要饭了。"

"他住哪？"

"住在原来的破房子里,透风漏雨的,看样子快塌了。"

"那村里不管？"

"可怜的人多了,能管得过来？村里逢年过节给他割两斤肉,每年给他两袋面,不顶用哩。"

一山不再说话。

一只蟋蟀叫了起来,在秋夜中传出很远很远。

(四)

当张一山推开陈金花家那两扇黑漆大门,感觉是那样的沉重。为进这个门,他折磨了自己好几天。

寡妇门前是非多。一山深深懂得这些。快嘴大娘已经"退休",再也不见她那佝偻的身影出现在各家各户门前了,没有了她老人家的快嘴广播,小村人还真闲得慌。

一山在陈金花门前走来走去好几趟,最终还是打开了她家大门。

法国作家司汤达将爱情分为热情之爱、趣味之爱、肉体之爱、虚荣之爱等等。而一山对于陈金花,好像不能用爱情来涵盖,一山也说不清到底对陈金花是种什么样的感情。在陈金花身上,他能找到良好的自我感觉,能尽情地放纵自己,更重要的是,他觉得她能理解自己。

这时候,陈金花正借着月色摘花生秧上的花生,见到一山,她怔了片刻,便垂下眼帘,不再吭声。

一山不知道说啥好,讪讪地走进里屋,看到零乱破旧的情景,心头一阵发酸。

陈金花舀了一盆水,洗了一下脸,进卧室换了一套干净衣服。

看得出来,这是她做姑娘时的衣服,明显显瘦,倒也增加了一些曲线,在夜晚的灯光下,平添几分风致。

"娃子呢?"

"你的眼干啥去了,这不,早睡了。"陈金花指指在炕角斜躺着的小宝贵。

一山先前的注意力都在陈金花身上,只觉得在炕上是一床被,却没注意被子底下的孩子。

不知怎么回事,一山心底涌出一种冲动。

"赵芳那事我有责任。"陈金花幽幽地说。两只眼睛在暗夜中闪着光。

一山没吭气。

"赵芳自杀的前一天来找过我,可惜我没看出来,"陈金花脸上一条泪痕在暗夜中闪着光,顿了一下说,"她让我告诉你,结婚住哪为条件的话是违心的,为这事向你道歉。"

一山的呼吸急促起来,少顷,长叹了一口气。

"有件事我应该告诉你!"

一山半天没反应。

"你怎么像头死猪似的,就不想问问到底是啥事?"陈金花瞪着一山,看着暗夜,声音在夜空中幽幽传出,"赵芳走的时候怀着你的孩子。"

"什么?"一山呆了,一骨碌爬了起来。

"她走的时候我给穿的衣服,估计有四个多月,我谁都没告诉。"

一山彻底被这个消息打蒙了,他一点思想准备也没有。他的大脑停止了思维,一切都是木木的。

过了很长时间,一山咕咚一声仰躺在炕上。

两个人就那么静静地躺着,窗外传来几声狗吠,还有蟋蟀不知疲倦的鸣唱。

好长好长时间过去了,一山忽然意识到躺在这里不合适,尤其在现在这么一种心情下。

"我得出去走走。"眼泪簌簌落个不停。

陈金花拉开灯,眼睛也是湿湿的。

张一山走出大门的时候,刘月英正在门口借着月色给玉米秸退皮,好留作冬天里的牛饲料。

"夜猫子,我让你叫!"一山身后传来老太太刺耳的叫骂声。王得发死后,老太太为了不让四间大屋的家产以及孙子跑掉,想让王感谢顶上他哥的缺,这种兄死弟顶的事在农村里司空见惯,但陈金花和王感谢都不愿意,老太太正气着哩。

(五)

一山从陈金花家出来,在村里村外转悠了一个整夜。天快亮时又来到下洼镇,在一位早起的村民指引下找到了赵芳的坟茔。

一山站在赵芳的新坟前,他的前前后后都是累累荒冢,一阵凉风吹来,拂动了坟头上有点枯黄的野草。一种凄然之意袭上一山心头。他实在不敢相信,昔日水灵灵的一个姑娘,竟埋在这里与他阴阳两隔。

"芳,我的爱人,我真的对不起你!"一山跪倒在她的坟前,从心里喊道。

"我知道你恨我!我知道我错了!我现在说声对不起已经太晚了!我把你和我们的孩子杀死了!"一山念叨这句话的时候,两行清泪潸然而下。

"从此后,你解脱了,我却背上了沉重的十字架。芳,你好傻啊!"一山眼泪流得更厉害了,"我知道你带着诸多的遗憾和心灰意冷,你带着对命运的不甘和抗争,你带着对我的爱和我们的秘密就这样去了,至死你还保全我的名声。芳——我的爱,你就这样走了,我知道的!是误会杀死了我们的爱情啊!"

不知何时,天空飘起了雨丝。

"丘比特的箭啊,你为什么过早射出?绵绵的雨啊,你为啥下个不停?相恋的人啊,为啥去殉情?亲爱的芳,你为我死得不值啊!"一山跪在赵芳坟前撕心裂肺地喊道。

阴雨连绵,视线暗淡,给人一种荒凉寥落的感觉。酱黄色的原野延伸到那看不见的地平线。

"人死不能复生,唉,芳啊,你就是这命!"一山终于止住哭声。

(六)

快嘴大娘病了,每天喘得不行,大口大口地吐着浓痰,咽喉痛得要命,难以下饭。李顺利从镇上讨回几副中药吃了也不见效。这个消息在刚刚平静下来的村中传开,全村人都牵挂得不行。每天晚上收工回来的大人们、放学回来的孩子们都簇拥到她家门口打听消息。老人人缘好着哩! 这不,大娘家里的水果、罐头、煎饼、包子堆得满满的。小村人用自己特有的方式表达着对老人的热爱,回报老人的好心肠。自打老人的身影在小村人家里出没得越来越少,人们心里有了越来越多的失落。小村人离不开大娘啊!

村里的赤脚医生出门回来后,忙着为老人作了检查,说是肺气肿,要住院治疗。村里几个男人忙着找车去下洼镇。这时候,二山和月亮从镇上卖完鸡架开着三轮车赶来, 将老人送到下洼镇。经过一阵手忙脚乱的检查后给老人挂上了吊针。

第二天,老人的 X 光片出来了,发现肺部并没有什么大毛病。一位有经验的老医生说莫不是喉部有什么病吧。再次详细检查,隐约发现喉部好像有个肿块。

这消息吓坏了李顺利, 老人的眼睛经过这些日子的折腾,熬得通红,像害了眼病似的,向外暴突着。二山帮着老人将快嘴大娘送到县人民医院,确诊为喉癌,需要做切除手术。这些都没敢让大娘知道,但她老人家眼角上经常挂着几滴老泪。或许她心里明白着呢。

村里更多的人或坐公共汽车,或搭二山进城购鸡架的三轮车去探视大娘,惹得护士们挺烦的,说每天搞得病房里乱七八糟,不利于病人康复。

陈金花带着儿子小宝贵也搭二山的车去看望大娘,同车的还有四石匠及小拉八等几个人。

"小拉八,你也去看快嘴大娘?"

小拉八点点头。

"你提的点心是不是要来的?"

"是不是偷来的?"四石匠领头跟小拉八开起了玩笑。

"这,这是我用钱从商店买的!"听众人这样说,他急得嘴角喷出了白沫。

二山从前座上稍微转了一下头道:"别开玩笑了,注意安全。"

"哎,大侄子咱们不能这样说,穷虽穷点,可咱们也该找点乐啊,要不,这人可咋活?"四石匠道。

"就是。"众人附和着。

陈金花搂着小宝贵,背依着月亮,蜷缩在车厢一角,静静地看着这一切,没有吭声。

二山三轮车开得飞快,直奔县城。

小宝贵很乖,尤其是见到快嘴大娘特别高兴,哇哇地叫,爬到老人身上,一个劲地叫奶奶。人不管多小都知道亲近,你经常亲近小孩,孩子也会亲近你。小宝贵对快嘴大娘有时比对刘月英还好,这一点把刘月英气个半死,经常说:"你个忘恩负义的东西,不知道远近。"当然,这些话只是小宝贵一个人在的时候她才说。

快嘴大娘对村里每一个孩子都疼爱,她的几个儿女不在身边。他唯一的儿子很有出息,在外地工作,说接她们老两口去住,但老人们不喜欢,说故土难离,离不开梨花湾,更离不开老梨树。

老人瞅着小宝贵,鼻翼两侧流下了两道泪痕。

"奶奶哭了,奶奶哭了,噢,奶奶听话,不要哭。"小宝贵张开小嘴嚷嚷着,用一双小手去摸快嘴大娘的脸。

"宝贵,老实点。"陈金花呵斥着,但脸上却挂着幸福的笑。

"不要紧,不要紧。"李顺利笑着说。

老人听到稚嫩的童音,越发哭得厉害了。

"过来,宝贵,听话,不要惹奶奶了。"

"我没惹奶奶。"小宝贵不服气地噘起小嘴。

"不,不要管他。"老人沙哑着嗓子,伸出枯瘦的手抚摸着小宝贵的头发。她太喜欢这个孩子了,没爹的孩子,命苦啊!

"那是?"过了片刻,大娘又抬头在人堆里看着,伸手指着小拉八。

小拉八从人群后面歪斜着身子挤过来傻笑着说:"大娘,我来看你哩。嘿嘿。"

"你来就来吧，还买啥东西？哪里来的钱？"李顺利嘟囔道。

"我有钱，那天一山走的时候到我家看我，给我留下二百元钱哩。嘿嘿。"小拉八有些窘迫地说。

陈金花心头一惊，手中端着的一杯水泼了一点，环顾病房，见大家并没注意她，便将水放到床头柜上，顺势蹲在小宝贵身边，以掩饰自己表情复杂的脸。那晚一山走后再也没有见过他，一直为他担着心呢，真是个冤家啊。

"你留着吧，以后花钱的地方还多着哩。一山这孩子，懂事多啦。"老人说。

"就是哩。"众人点头。

众人正说着话，有人推门进来。

二河姑娘拎着一袋水果走进来，后面跟着王感谢，提着两包点心。

"哎，小妹，我早上走的时候你不是说今天有事吗？"二山奇怪地说。

"噢，我那事办完了，正好王感谢说要过来，我就让他带我来了。"二河指着后面的感谢笑着对二山和月亮说。

王感谢红着脸，点了点头。二河凑上前来，问："大娘，您好多了吧。"

大娘点了点头，李顺利在一旁说："过几天手术，没什么大事。"

二山的目光一直瞅着二河和王感谢,一脸狐疑。

(七)

一山在深圳已是第十个年头了。

人随着年龄增长,经受的事情增多,往往会改变你的性格,磨平你的锐角,使你更加认真地正视生活。

自从听说赵芳殉情之后,一山回深圳后仿佛变了个人,话也不多说,把自己埋进书堆里,又陆续地在报刊上发表了几篇散文和通讯。

现在摆在一山面前让他困惑的是他的个人问题。一山探家回来后,曾郑重其事地向杨琪提出分手,理由是自己不适应深圳快节奏生活,打算调回老家山东。杨琪在一山小屋里坐了半天后明确表示,不管一山怎么想,她已经打定主意嫁给他,还说多少人梦寐以求在深圳落地生根,劝他务必留下。对她的这种执着劲一山很感动,梨花湾一直是一山心中的寄托和依靠。他知道自己是大山的儿子,根留在大山里,无论漂泊到何时,最终还是要回到大山中去。

一个周末,一山决定和杨琪好好谈谈,便约她出来。

依然的运动装,依然的学生头,依然的清纯可人。这就是她的特点,也是她魅力所在。

"有些日子不见了。"她幽幽地说。

"是的。"不知咋回事,一山把原先想好的话全忘了。

"咱们走走吧?"

"走走!"

"到哪?"

"随便!"

"时间还早。"

"还早。"

一山嘴里机械地重复着杨琪的话,心中却在想着如何对她撒谎,他不愿意提起赵芳的死,那是对死者的不敬,更何况他从来没有在她面前提过赵芳。虽然以前他一直把她们俩人放到一架天平上称,事实证明她们俩确实不能在一架天平上称。他知道没有足够的理由是无法提出与她分手的,这些在以前不知尝试过多少次了。他承认杨琪是个非常优秀的女孩。

"瞧,前面就是我们厂的集体宿舍,你从来没有去过,进去坐坐吧。"

"我今晚属于你支配,过后就不属于你了。"一山半调侃半认真地说。

她们走上楼,开门后却惊起一对"鸳鸯"。她的同伴惶惑地看着她,又瞥了一山一眼,责问道:"你不是很晚才回来吗?"

于是杨琪和一山只好告退。

"看电影吧,风太大不是个谈心的日子,以后会有时间的。"杨琪一双大眼盯着一山,让一山心里有点发毛。

"看吧。"他含糊其辞。好容易下了决心,真见到她却又不忍心伤害她。一山知道自己的毛病,所以才把事情搞得如此棘手。

"双场,这可不怪我?"

"双场就双场。"一山很长时间没看电影了,或许借看电影可平静一下自己烦乱的心绪。

"晚了就不回家了。行不?"

"不回家。"

"你是怎么了?痴了吗?"她嗔怪了一声,牵着一山的手走进影院。此时,她像个老大姐。

电影平淡乏味,对一山来说像走马观花一样没感觉,有感觉的是她那双紧握着一山的有点颤抖的柔软的小手,许久没有这种感觉了,差一点让一山迷失本性。

电影散场后,刮起狂风,天地间一片迷蒙,把夜的美丽破坏殆尽。

"告诉你一个事情——"快到她宿舍楼时,一山决定说出来。

杨琪扬起了头。

"我家中有对象了!"

"这不可能,你从未告诉过我,到底怎么回事?"她目瞪口呆。

"不要问那么多,知道太多了反而是一种负担!"一山怪怪地说,心里却不能原谅自己。

"为你祝福了!"说完,杨琪转身冲进宿舍楼。

一山完全可以理解她此时的心情,对她有着一种深深的歉意。相识近五年,她从未欺骗过一山什么,心里像明镜似的。这也是一山之所以至今未能割舍这段情缘的原因所在。但她却无法接受心爱的人的欺骗,就像赵芳不能容忍一山的背叛一样。

往回走的路上,苍天大怒,飞沙走石,雨点扑面而来。一山没有躲避,尽管浑身早就湿透了,还是步履沉重却坚定地行走在风雨中。

(八)

王宝贵明天要去上学了。

陈金花一晚上都没睡好觉,总觉得有什么事没做好,那个兴奋劲好像有什么天大的喜事降临。躺了一会儿她再次爬起来,仔细检查了一遍给儿子准备好的书包、本子、橡皮等东西,又找出针线,在一山从深圳捎回的书包上一针一线地绣起来,一边绣,一边瞅着酣睡中的儿子。

是的,从小宝贵出生到现在,六年半啦,真不容易啊。儿子是她的心肝宝贝,是她赖以生存的支柱,是她的精神寄托。她做梦都梦见儿子长大了考上大学有了出息,并且接她去住,说:"娘,您为了我吃那么多苦,儿子一辈子感激您哩!"

多少次陈金花从梦中笑醒,面对着凄冷墙壁,仿佛从悬崖上掉下来。一个人拉扯个孩子,又当妈又当爹,在农村中生活要多难有多难。陈金花硬是在几年工夫里,把王得发治病欠下的债务全部还清。她每天用清水泡点煎饼,撒上点盐度日。但她不愿意让儿子受屈,每天给儿子一个鸡蛋是必须的,经常给儿子做面条、水饺什么的。看着儿子香香甜甜吃东西的样子,她嘴上经常不自觉地流口水。儿子,吃吧,即便是把娘的肉给你吃,娘也愿意啊!有时候,儿子边吃边问:"娘,你为什么不吃?"陈金花擦擦眼里的泪花,笑着说:"宝贵儿,娘已经吃啦。""骗人,我没看到你吃!""傻孩子,娘有病,不能吃白面。""那我长大了光买玉米面和红薯给你吃。"小宝贵抬起白胖的小脸,甜甜地说。

看着儿子天真无邪的样子,陈金花再苦的生活也能忍受。这些年,亲朋好友劝她改嫁,媒婆踏破了门槛,但陈金花就是不愿意。王感谢帮她干完重体力活后就走,跟陈金花没有更多的话说。有些农活是女人家干不了的。时间长了,陈金花也就习惯了,由着感谢去做。

这两年,王老三也得急病去世了,医生说是心肌梗死。刘月英哭得像个泪人似的,说我们王家不幸,倒霉事咋都落到自己身上?倒是王感谢挑起了担子,把屋里屋外收拾得利利索索。

刘月英从丧夫的悲痛中回过神来后,见王感谢与他嫂子的事成不了,便让陈金花把给王得发治病家里拿的钱还上,要不让她回娘家住,房子给王感谢。陈金花说:"钱我来还,家我不搬。"为这事,感谢不止一次同他娘吵,说咱不能做这样的事,得给她娘俩留条活路。

实际上,王感谢对她好,陈金花从心底里感激。一家人这么多年,彼此还不了解吗?但是陈金花心里一直有个影子在晃荡,对感谢她产生不了那种激情。她看出二河姑娘一直在关注着感谢,更不愿意去伤害二河姑娘。

陈金花专心致志地在书包上绣啊绣,终于绣出了一朵盛开的牡丹。绣完后自己感到挺满意,左看右看,一个劲地傻笑。

"娘!"小宝贵发出一声梦呓,翻个身又睡了。

陈金花回过神来,想起什么似的,在牡丹旁边又绣上"宝贵"两个字。在最后一针打结的时候,手指不小心让针扎了一下,冒出了一小堆血珠,痛得她龇牙咧嘴。陈金花看着殷红的血珠,看着儿子宝贵的脸,看着那朵盛开的牡丹,将血珠摁进牡丹的花蕊。

(九)

夏天到了,梨花湾显得生机勃勃。

快嘴大娘的手术非常成功,经过一段时间调养,恢复如初,甚至比以前更加健康,精神更加矍铄,和老伴李顺利一道,天天靠在鱼塘边,把鱼塘搞得红红火火。说是鱼塘,实际上就是个山村的水湾。在村头老梨树附近。由于长年有水,地下还有泉眼,浇地都抽不干,李顺利觉得闲在这里怪可惜的,就承包养点鱼,也为乡亲们谋点福利。这几年,小村里不管是谁家来个客人,都没有少吃他家的鱼。水湾原来只是条流水不断的小河,两岸是庄稼地。后来拦腰修了条拦河大坝,使河水上涨形成了水湾,后来又在水位警示线上修了一座泄水桥,形成了百多米宽、六百多米长的一个水面。大坝是梨花湾通往下洼镇的必经之地。

李顺利承包鱼塘后,在泄水桥眼里拉上一道铁丝网,往水库里撒了很多鱼苗。几年下来竟成了个气候。除了村里上面来人用鱼外,全村人每年都能分几次鱼。谁有事用鱼就从鱼塘里拿。每天只要天气好,李顺利和快嘴大娘准要撒网拿鱼,有时你还不用吭声快嘴大娘准会提前将鱼送过去。小村就这么大,什么事也瞒不了她老人家。再说,有了这个事干以后,李顺利活动着筋骨,身体越来越壮实,没病没灾,滋润着呢。

每年夏天出鱼的时候,小村人和快嘴大娘一样高兴,全都来帮忙。扯网的扯网,拿鱼的拿鱼。今天又是往外出鱼的日子,四石匠、张老憨、王感谢、张二山等早早聚在这里,好一阵子忙活,捞出了不少活鱼。这个季节,每家每户都能分到几条大鲤鱼。随后的日子里,家家户户都吃鱼,鱼香飘荡在梨花湾上空。

122

这两年风调雨顺,庄稼收成好,国家又免去了农民的负担,农民日子越过越红火。

这天上午,等到分完鱼,快嘴大娘发现陈金花没有来拿。她知道这孩子肯定忙得顾不来,或者是不好意思,便从自己留下准备卖的几筐鱼中挑了几条最大的,装在一个编织袋里,吃力地甩到自己的背上,朝陈金花家走去。

"大嫂子,你干啥去?"张老憨拿到鱼后正要上菜园,见快嘴大娘那么吃力,就赶过来帮忙。

"大兄弟,我想到陈金花家去哩。"

"那我帮你吧。"

"你忙你的吧。"

"我现在没事。"张老憨从快嘴大娘身上接过编织袋拎在手里,往前走去。

"唉,我真是老啦,不中用啦。"快嘴大娘挪着小脚,一溜小跑跟在张老憨后面,边用手拍去他背上的尘土。

"咱庄户人,不要什么好看。"

"是哩。"

"大嫂子,你那病没事吧?"

"现在没有啥,以后要常做化疗呢。"快嘴大娘已经知道了自己的病情,并且觉得没有大碍,已经没有了当初那种恐怖感觉。

"感觉上没啥不好受吧?"

"刚开始有点感觉,难受,想吐,时间长了习惯了,也就感觉不出什么了。"

"唉,人呀就怕个病灾,花钱不说还让你受罪。"张老憨这两年觉得自己喘不过气来,胃还经常痛,但为了省钱,就一直忍着。现在勾起了心病,由这个事就想起了早死的王得发,想起了陈金花,就说:"大嫂子,我就想不通,那个闺女咋就不想嫁人了?"

"嫁人? 嫁人那孩子不就有后爹啦?"

"有后爹总比没爹强。"

"我没见哪个后爹好的!"快嘴大娘气鼓鼓地说,"我就不愿让宝贵受一点儿委屈。"

"老嫂子,时代不同啦,现在的男人都变啦!"

"变?变也变不到哪里去!"快嘴大娘一点不饶人,她对陈金花这一点非常看重,甚至陈金花管她借的钱不要了。上次住院时陈金花还钱让她很不高兴,让李顺利把钱又退给了陈金花,说那孩子光景苦着哩,这钱肯定又是借的。以后陈金花又几次还大娘钱,快嘴大娘都要变脸了,说这算什么,你大娘钱再多死时也带不走。只要你能过上好日子,把小宝贵拉扯大就是天大的造化。

"这些年真够她受的。回头咱们合伙劝一下老三家的,就不要再难为她啦。"快嘴大娘说。

"那是,对了,听说二河姑娘和感谢好上啦?"

"是哩。"

说话间就到了陈金花家。

陈金花正在门口捆扎麦秸，忙扔下手中活计迎过来："大娘、姨夫，您二老有事啊？"

"你大娘给你送鱼呢。"张老憨把手中的鱼递给陈金花，"我还有点事，先走啦。"

"谢谢您，姨夫。"陈金花看着张老憨走远，转过身不好意思地说，"这些年大娘一直照顾我，真是的。你弄这么多我家人口少吃不完。"

"傻闺女，你说啥来着，咱们是一家人哩。吃不完腌起来，慢慢吃。"大娘过来拍拍陈金花肩头，"孩子，你又瘦了。宝贵呢？"

"宝贵上学去了，大娘。"

"唉！娃子这么小就跑几里路上学，让人担心哩。要不要接送他？"

"不要紧，只要是晴天就不要紧。他从小就顽皮，从小就到姥姥家习惯了，这路熟哩。"

"那就好，那就好。"大娘一个劲地点头，"对啦，我和你大爷商量好啦，等我们攒够了钱就盖个小学校，让咱村的娃不用再去外村上学。"

"那太好了！"陈金花笑起来，"您老两口心眼真好啊！"

"钱财身外之物，生不带来死不带去，再说也没个用处哩。"大娘感慨地说，"这事还没跟村支书商量，先不要往外说。"

"是哩。大娘,您放心。"

"有啥难处跟大娘说啊,我晚上再来看看宝贵。"快嘴大娘自从大病一场后对人格外亲,尤其是对小宝贵,简直拿他当自己的亲孙子。

"谢谢大娘,有你们在我身边,真好。"

"乡里乡亲的,有事就说,不用客气。我走啦。"快嘴大娘转身蹒跚着离去。

陈金花看着大娘远去的背影,眼角不觉又湿了。

(十)

一山这些日子真正尝到了游戏爱情的苦果,自那次与杨琪不欢而散后,他便给她去了封信说他要结婚,并说如果有机会他会解释的。

以后的日子,一山每天除了工作就是搞文学创作,试着写小说,只是没有发表过一篇。但他自我感觉良好,起码他觉得活得充实,这也正是他吸引杨琪的地方。

这些日子来,杨琪一直打电话,问一山到底怎么了,为什么躲着不见她,一山说有时间他会解释的。今天他收到杨琪的一封信,便拆开看了起来。

一山:

满以为我一再相求，你会答应见我一面，却依然空无消息。你知道几个月来我有多少话要对你说，而你，竟连这机会也不给我，你好狠心！

你说过要跟我解释清楚，可你连面也不露，又怎能解释呢？我去找过你几次，你不是出差就是不在。你说什么"不爱我"，说什么要回去"结婚"，何必呢？你不肯见我又何苦编出"结婚"的话来刺激我，其实你除了一句怕连累我再也没有第二条理由拒绝我，就算是你再找出千百条理由来，也只是你回避我的借口而已。我想你说那些违心话时，心里必定是非常难受的。

这些天来我想了很多，也许你提出分手已不仅仅是怕连累我，可能还有别的原因，或许是我们家人的反对。但我要告诉你，我对你的爱没有丝毫怜悯的成分。既然命运让我们走到一起，又在我们面前设置这许多障碍，那么我们就应该面对这一切。我知道我的力量很小，但我们两个的力量加在一起，那就不一样了。不论前面道路多么坎坷，只要想到自己不是孤单一个人，还有爱人与我同行，就会增加奋斗的勇气和力量，还有什么困难不能战胜呢？

不知闲暇时你是否还去我们的那片草地，当你躺在那里仰望天上的星星和月亮的时候，可曾记起与琪一起度过的那些美好的夜晚，那时我们是多么幸福！如今，明月依旧，星星依旧，哪曾想当初紧紧依偎的一对恋人却在饱尝分离之苦。

我一直担心有一天会失去你，自从收到你的信后证实了我的想法，但我知道你是迫于无奈，不管你跑到哪里，我都不会放过你。

　　在你眼里，我只是一朵温室里的小花，没有经受过风吹雨打，吃不得苦受不得罪，所以你总是说不愿伤害我。可是，你有没有想过，正因为我没有经过什么风雨，才越想和你一起去接受这种考验。你知道吗？和你在一起的日子，不管跑多远的路我从不觉得累，可陪朋友去一趟公园却感到浑身无力。这是为什么？因为我有精神动力，因为我和你在一起爱会给我力量！命运注定我们是同路人，如果我们遇到了同一场雨，就应该同撑一把伞。我不是路人，所以我不会看着你饱受风雨之苦而不管不顾，就算我手中的这把伞很小很小，但它毕竟能够为你遮挡些许风雨。你说是吧？

　　我可以告诉你，这朵小花赖以生存的条件是爱，没有了爱，她会枯萎，甚至会死。你一定又要说我死心眼。不错，我这个人就是死心眼，认准了一件事谁也无法让我改变主意。自从有了那些美好的夜晚，我就把自己的心完完全全给了那个我爱的人，爱他胜过一切。这是我寻觅了二十多年才找到的人，我怎会轻易放弃这份感情？今生来世，我永远会珍视这份感情。

　　人都说"爱情的力量可以感动上帝"，连上帝这个不食人间烟火的神都可以被感动，那么我对你的爱可以感动你了！你也曾饱尝过失恋之苦，你比我更清楚失去爱人是什么滋味，应该明白这些日子我心里是怎样的痛苦！

我知道提出分手绝非你的本意，你有一身傲骨，但却以自卑的方式表现出来，有时难免自相矛盾。我说这话你不要生气，渴望爱情，当爱来时却又犹豫起来。我从来没有因为你从农村来，你家庭环境不如我而看不起你，这一点你是知道的。我从来没有要求你给我什么，不为钱不为利，只要你真心对我好，这就够了！

另有一点需要说明的是，我是曾经说过我家有房子和钱，没想到会深深地伤害你。一山，除了这些，我从来没有炫耀过我家条件如何如何，我家有什么什么东西。这些我都是为你好。但你是聪明人，如果鱼与熊掌不能兼得，我会选择你而放弃其他。

我真的不明白你所说的男人就是那么一回事是何意，是想让我恨你吗？情到深处无怨尤，我没有办法让自己恨你，任你用世上任何一句最绝情的话来刺痛我的心。

我说了这么多，希望你明白我的意思，不要说我太幼稚、不现实。古人云三思而后行，我是经过慎重考虑后决定的。我要和你在一起，尤其是现在这个时期。我已经没有了活路，我知道你不会看着琪日渐憔悴，请求你跟我再见一面，不然我真的不知该怎样活下去。求你！求你！！求你！！！

一山再也看不下去了，眼里涌上两股清泪。都怪自己耍小聪明，不该编造出一些美丽的故事来骗取杨琪的芳心。一山决定尽快见她一面,向她承认所有过错,取得她的原谅,友好分手。

又是一个星期六,一山和杨琪相约来到她们经常相会的树林边的草地上。

"你真卑鄙,你太无耻,我讨厌听!"杨琪听一山诉说事情的原委后无助而又愤懑地说。

"是的,我很卑鄙很无耻很混蛋,可比我张一山更卑鄙更无耻更混蛋的人多的是,我并没有因此感到内疚。真的,爱一个人并不是错,放弃一份爱也不是错,假如你处在我的位置你会怎样?你知道我们男人都是这样,见异思迁,不会像你们有些女孩那样痴情,那么专一。如果我是你的话,绝不会在一棵树上吊死,生活之路多的是!"一山神情激昂起来,索性把话说绝,让杨琪断了想头。

"少给我讲大道理!"她哭了。

"并不是大道理,我怎敢在你面前放肆呢?可是琪,你要知道,你之所以这么痴迷,无非是显示你多么纯情多么纯真多么感人而已,我觉得你不值得为我这样一个混蛋而断绝或者说与家人闹僵,更不值得为我牺牲你的幸福。"

"我恨你!"她气极了。

"对,我希望你恨我,我希望大家都来恨我。可是,你口口声声说爱我,可我终于得到幸福的时候你却在恨我!爱一个人,便应该视他的幸福为自己的幸福,你并不是为自己活着。为家人、为爱人、为朋友也必须活着,我怎么看你死就高兴呢?死只能是懦弱的表现。"一山嘴上这么说，内心却真怕她一时想不开而寻短见，只好拿好话抚慰她，"我承认自己有点过火，也不是没有被你感动，而是确实不再爱你，你犯不着为一个不爱你的人哭哭啼啼。"

"我没哭，我已不会哭了，我只想知道这一切到底是为什么？"

"难道这还不简单？"一山沉思了一下，终于下定决心把心里话说出来，"我爱上了别人，一个非常需要我爱的人，你并不是我真正爱的人，以前有些话是哄你的，对不起！我知道琪是个很有个性的女孩，但她比你更需要我，我们性格相近，经历相同。我相信你一个城市女孩肯定能拿得起放得下！"

"为了你，我几乎与家人断绝关系。而你现在却变心了，我怎么也想不通到底为什么？"

"那只是说明你是个可怜虫，是生活中的弱者，不能直面生活。说实话，前段时间我也想结束自己的生命，可最后终于明白生命并不属于自己，而是属于大家，属于爱自己的所有人，属于整个社会。自己无权这样做。我坚信，过一两年后你便不会再恨我，到那时你也许会为有今天而幸运，而感谢我！"

"不会！"她已停止哭泣，看来一山的演讲还是起了作用。对她这种自以为是的认死理的女孩，唯有连捧带吓才能制服。

"好了，时间有限，我希望你能回去好好想一想，考虑一下我说的有没有道理，世上比我好的男孩比比皆是，你会幸福的。"

"你为什么这么长时间一直躲着我？你难道在把我当猴耍吗？

你以为我就是你感情的宣泄物吗？"

"我没那意思，主要是没时间，我的时间属于工作，属于我的创作。我既然选择了这条路，便要为此而奋斗。当然，最主要的是想让你忘了我。"

"那又怎能忘记？"她低下了头，肩头又开始抽动。

"忘记与否并不重要，只要你能想到，这一生曾爱过、恨过一个人，这就是难得的收获，说明你在浩瀚的人生旅途中曾经拥有过一个驿站，没有虚度时光，这种收获会使你魂牵梦绕，甚至会伴你终生，使你充实，使你自强，使你振奋。还是让我们珍藏这一段美好的感情吧。感情像美酒，时日越久越芬芳，让我们再来一个美好的结尾吧。来，听我说，坚强些，琪是个坚强的女孩。起来，咱们回去吧！"一山向坐在草地上的她伸出手去。

她犹豫着伸出手，猛然一把拉过一山的手，把整个滚烫的脸庞深深地埋在一山那不算大的手掌里。

一山一时晕眩了，但很快意识到此时绝不是卿卿我我的时候，便努力地摇了摇头，手一使劲把她拉了起来，她的身子直往一山怀里扑，像没有根似的。一山托住她的身体，保持着一段距离使她不至于倒在自己怀里。这些举动又使她气恼起来，朝一山连推带打："我当初为什么要认识你？"

一山只是笑，其实那笑已经很勉强。

"我好恨我自己，那么容易让你得到我的爱，使你不知道珍惜。"

"这完全是两码事。此生我感谢你曾给了我爱,但你是明白人,我不爱你,假如生活在一块也不会幸福!为了我也为了我爱的那女子,同时也为了你自己,你说这难道不是最明智的选择吗?何况我要的那女子是个寡妇,又带着个孩子,而你还是个青春女郎。当然我对她的爱绝不是施舍。"杨琪吃惊地睁大了美丽的双眼,在星光下一闪一闪的。

"这些我都不知道,你呀……"她又哭了,且投入一山的怀里乞求着,"不要离开我!抱住我!别再骗我……"说完浑身颤抖不止。

"别……别这样,琪,这样我心里会更难受,"一山对她不胜爱怜,但很快,他明白这样下去这事永远难以解决,便伸出手去尽力使她离开怀抱,"我不能这样自私,这样对三个人都是伤害,你明白吗?"

"请你最后一次吻我可以吗?"

一山再也装不出潇洒,心在痉挛着,他真想大声喊道:"我张一山最卑鄙,不要一个女孩却给自己披上一件美丽的外衣,使别人日夜想着自己,我真混——"可理智告诉他,要坚持,美丽的谎言有时非常必要的,犯不着把一切看得那么透,因为朦胧,才会有诗意。这样的结尾难道不好吗?于是他使劲摇了摇头:"不可以。"

她默然了,也彻底清醒过来。

"我把你的东西都带来了！"一山沉默一会儿说。

"我只要我的照片。"

"带来了。"

"我问你，你曾爱过我吗？要说实话！"

"这怎么说，我承认爱过你。不要再提咱俩的事了。噢，对了，你的会计学习得怎么样了，要'好好学习，天天向上'哟！"

"少逗我！"看得出，她已想开了，心情已经平静很多。

"对了，琪，希望你尽快找个好对象。"

"管他是小偷还是扫大街的，随便找一个就行了。"杨琪赌气说。

"这很好，这主意不错，找小偷的话你很快成富翁，找扫大街的你不用考虑家中卫生。"

（十一）

二山结婚后又新盖了四间亮堂堂的瓦房，是小村中最好的一处房。可不知什么原因，一直未搬过去住。月亮几次问他啥时候搬，二山总是挠挠头皮："到时再说吧。"

二山有二山的打算，这两年他挣了点钱，虽说辛苦，但毕竟比种地来得容易些。这些天来，他感觉父亲像有什么心事。这天，吃过晚饭，爷俩在葫芦架下乘凉，老汉吧嗒吧嗒地抽着自己的旱烟袋，推掉了二山递过来的烟卷。

"我寻思着,你们都大啦,要是觉得不方便,你们搬出去住吧。"老汉吧嗒了好一阵后为难地说。

"咋的,大,您老人家不想要我了?"二山吃了一惊,好半天才反应过来。

"娃子,你咋这样说话哩,哪有父母老了不要孩子的?"

"家中男人我小,哥又没成家,二河也没嫁,您老要不嫌弃儿子,这个家不能分。"二山说着说着动了感情,眼泪就流出来了。

"娃,我觉得房子盖起来老闲着不是那回事,怕委屈了你们。"老汉幽幽地说,"再说了,村里历来的规矩,儿大分家,要是光你一个人怎么也好说,我怕月亮有想法。"

"大,您别多想啦,月亮来我家这么久了,您还看不出她是个什么人吗?"二山顿了顿又说,"正因为您老不光我一个儿子,我才没有搬到新房去。再说了,房子我另有安排。"

"咋?"

"我寻思着,哥也老大不小啦,一直没成家。万一在城里寻不着,还要回家来,是不是?过去家里穷,我那没过门的嫂子还不是嫌咱家只有两间房而不愿意来,非要住到下洼镇,才最终分了手?唉……"二山说到这里,禁不住长叹一口气。

"那会儿咱家的光景也确实太差了。"老汉接过话头说,"你爹没本事,当时说家里这四间房你们弟兄俩一人两间,我跟你娘住偏房,害得你们吃了不少苦。"

"咱不说这些了,那会儿大家都穷,都差不多。"

"好小子,你真是长大啦。你们赶上好时代了,还能做点买卖,挣点小钱。"老汉用烟袋杆亲热地捅了二山一下。这一下,把爷俩的心连到一块啦。

"二河和感谢的事该定下来了。"

"这事啊,你娘不怎么同意,她是怕二河嫁到刘月英家受委屈。倒不是感谢那孩子不好,他那个娘也太厉害了点。"

"二河是跟感谢过,又不是跟他娘过日子。再说,兴许她给小儿子娶了媳妇就好了。"

"我也和你娘说啦,你娘心里总有个疙瘩。"

"这事咱可不能糊涂,你没见小拉八那一家人的凄凉光景?起因还不是姑娘谈对象的事?"

"我知道哩,回头再劝劝你娘。"老汉狠狠抽了一口烟,吐出一口气,"你和二河商量一下,尽快办吧。"

不知什么时候起风了,吹得葫芦叶"哗哗"直响,爷俩的烟头一闪一闪的,像两只萤火虫。

这天,太阳喷射出灼热光芒,烘烤着焦渴的土地,灼热的气息扑面而来。

前些日子刚下过一场大雨,地里的野草一夜间钻出一片,与玉米苗争夺着土地的养分。张老憨昨晚做了动员,二山的鸡架因为夏天天气炎热不便于贮存,暂时不卖了,二河也把绣花活暂时搁下,一家人全力灭荒。今天一大早,全家出动,到地里锄地的锄地,拔草的拔草,好一阵忙活。快中午了,大家又热又累,二山就和父亲商量:"大,咱回家吧,歇歇晌,下午再干。"

"行哩,要不你们也是出工不出力。"

"那你和月亮先走,我和二河说会话。"

"咋的?又打我什么主意?"二河擦一下满脸汗水,扛起锄头,调皮地问。

"走吧。"二山叫二河。

"哥,到底啥事?那么神秘兮兮的。"二河见二山一直低着头走,不禁有些着急。

"妹子,你和王感谢都发展到啥程度了?"

"哥,哪有你这样问话的。"二河害羞地说。

"妹子,我问你哩。"

"他人老实,能吃苦。"

"是哩。一个村的人我能不知道。"

"如果家里人不反对,我想秋后办婚事。"二河低着头红着脸说。

"你们年龄都够了,这是好事。我们商量一下,给你准备准备。"

"也没啥准备的,他家房子现成的。就是不知道大哥同意不?"

"大哥不在,到时我给他写封信说一下。"

"哥,你真好!"二河真诚地停下脚步,用拳头捶着二山宽厚的脊梁说,"结婚后,让嫂子把你调教好了。"

二山嘿嘿一笑。

(十二)

刘月英这几天像变了个人似的,笑口常开,春风满面。见了孙子宝贵也不骂他了,对陈金花也不那么尖刻了。这一切,皆缘于二河姑娘。当然,还有快嘴大娘和张老憨的功劳,她们背后没少往刘月英耳朵里塞陈金花的好话。

感谢说他与二河快要结婚了,刘月英简直高兴疯了,她早就盼着这一天哩。以前她隐约听说过这事,她问过感谢,感谢答东回西的,让人感到云里雾里,没有个准信。问多了,便换回感谢的一句话:"你烦不烦?这事不用你管!"

而现在,感谢正式提出来要结婚,可忙坏了刘月英。她从下洼镇请来泥水匠,在原来四间大屋的前面重新盖了三间南屋,将北面的四间屋重新刷了一遍,门窗重新上了油漆,把家收拾得井井有条。之后又请人算日子,缝被子,送聘礼等等,忙得不亦乐乎。

这天,王感谢套上排子车帮陈金花将扔在坡里的玉米秸拉回家,这东西既能当柴烧又能铡碎了喂牲口,庄户人家什么都是宝,舍不得扔啊。

待收拾停当,感谢慢腾腾踏进嫂子里屋,这是王得发死后第一次。他倚在炕沿上,吭哧半天,才对陈金花说:"嫂子,我要结婚了。"

陈金花一边给儿子纳着鞋底,一边说:"那好啊,终于了了老人的心事了。"

"嫂子,以前有对不住你的地方,请原谅。"感谢红着脸说。

"兄弟,你这是说哪里的话?"陈金花停止纳鞋底,抬头注视着感谢黝黑的脸庞,这时候她想起自己在高粱田里偷看感谢撒尿的那一幕,脸一红说,"倒是嫂子我经常给你添麻烦哩。"

"嫂子,一山还和你联系吗?"感谢好容易又迸出一句话。

陈金花吓了一跳,半天不语,脸色由红变白,头低了下去。

"也许我不该问……"感谢越发窘迫,"但我还是想问,我知道你心里一直喜欢他。我能看得出来。说实话,嫂子,有一段时间我一直希望我们能成为一家人。现在看来,这样更好一些。对吧,嫂子?"

"宝贵是我唯一的希望!"陈金花平静一下心绪,用右手拂了一下刘海说,"我不想让孩子受一丝一毫委屈。人的感情是很怪的,我无法面对你。一见到你,我就想起你哥,心里就难过,希望你能理解,体谅嫂子的难处。"

"我哥不在了,但你还是我们家的人,有啥事你说一声就行了。"感谢站直身子说，"嫂子，那我过去啦。"

"兄弟你走好啊。"

感谢走出门，又转过身对陈金花说："嫂子，我结婚的时候，您帮着照应点。"

"那还用说！"陈金花下了炕，跟出门来说，"二河真是个百里挑一的好姑娘，你是哪辈子修来的福啊，可要好好待人家啊！"

感谢刚走到院里，看见小拉八从大门口歪斜着身子走进来，脸上挂着傻乎乎的笑意，便问他："咦，你来干啥？"

"光兴你……你来，嘿嘿。"小拉八歪着脑袋说。

"你没个人话，你再跟我胡咧咧看我不揍你！"感谢吓唬他。

"你……你才不会哩，我知……知道，嘿嘿。"

"拉八兄弟，快进屋里。"陈金花在屋门口喊着。

"怎……怎么样？嘿嘿。"小拉八脚步趔趄，踏进陈金花的屋门。

第 五 章

（一）

寒来暑往，几度春秋。

又一年冬去春来，老梨树像个老人一样变换着服装，注视着小村人的喜怒哀乐。面对小村人的各种变迁，老梨树已经习以为常了。它一直默立着，任岁月流逝，任世态炎凉。

早春三月，阳光明媚，所有的生物焕发了生机。人们忙忙碌碌，春耕春播，牛哞马叫，一片欢腾景象。

这一切与张老憨似乎无缘了。吃过午饭，他拿了个小马扎到门口晒太阳。自打二河姑娘出嫁后，二山也不让他上坡了。每天只和老伴照看屋里屋外，收拾菜园，享了清福。

人忙碌了一辈子，要是突然闲下来，还真不是个滋味，张老憨总想着找点什么事做做。但家里的地该犁的犁了，该种的种了，菜园子也收拾得停停当当，二山和月亮又去赶集卖鸡架中午不回来，他越发感到空落落的。

"瞧你个蔫巴巴的样子，像丢了魂似的。"老伴刷完锅碗后，准备出去串门。

"老啦,还能有个啥样,以为还是当年那样子?"张老憨回了她一句,"又准备到谁家去?"

"你怎么也婆婆妈妈的,一个老爷们管老娘们的事啦!"老伴瞅他一眼,但还是说了,"我到快嘴大娘家去。"

"噢,对了,你顺便问问她那个鱼塘要不要人帮忙,我闲着也是闲着。"老汉前些日子看快嘴大娘老两口照顾鱼塘挺忙活的,想去帮个手。

"就你,老胳膊老腿的,在家歇歇吧。"老伴说着话走了。

张老憨猛抽了一口烟,烟锅子"滋啦"响了一声。他吧唧吧唧嘴,继续想自己的心事。现在家里没什么可想的了,一河、二河两个姑娘家逢年过节带着女婿来家团圆,送来的好酒好茶喝不完,日子过得挺顺当。二山和月亮小两口恩恩爱爱,生孩子的指标也批下来了,俩人计划今年要个小孩。目前最操心的就是一山,都三十多了,也没个定性,个人婚姻大事至今提也不提,房子就在那里空着。张老憨每次见到房子心里总感觉不大得劲,你说这叫什么事?下洼镇那个姑娘死了好几年了。多好的姑娘啊!他不觉动了感情,眼角竟湿润起来。一山从那次一走到现在也没回来过,也不知他到底咋个考虑的,兴许是没脸吧。娃啊,年轻时谁还不做点错事,也不能太折磨自己了!张老憨左思右想。

唉,人这一辈子,也真怪,怎么就不知不觉地老了呢?操劳一辈子,儿女长大成人,自己也该享享福的时候,可就让你老啦。说不定什么时候就两眼一闭。唉,这福,也享不了几天啦。做人一辈子,不容易啊!张老憨在门槛上磕磕烟袋锅,又揸上一锅烟末。

(二)

感谢和二河姑娘成亲后,刘月英不知是累的还是咋的,中风落下了个半身不遂,整天躺个炕上长吁短叹。

人到了难处,才知道谁好谁孬。陈金花自从婆婆瘫了后,主动到婆婆屋里忙这忙那,好让刚结婚不久的二河姑娘继续绣花挣钱。

这天快嘴大娘过来看刘月英,她又感慨万千地夸自己的二儿媳:"嫂子,真是不病不知道,日久见人心哪,我以前亏待了娃啊。"

"这人谁没有个不是?你不必往心里拾。"快嘴大娘乐呵呵地说。

"别看大份儿过得好,心眼不如二儿媳。"刘月英直唠叨,"这人,钱多了也不一定是好事。"

"那是哩,那是哩,人要知足哩。"

"我那孙子,这么小也不嫌我屋里味道不好,放了学就跑到我这里。"刘月英提起小宝贵,越发来了精神,"星期天他娘上坡,他就过来陪我,有一次我拉不出来屎,那孩子就用小手抠,才多大个

143

孩子啊！"

"这孩子懂事早哩。"

"自己儿子还嫌脏,他咋就不嫌我脏?大嫂子,你说说,我就这么个穷命。好容易把孩子拉扯大,死的死,病的病,家也不像个家,你瞧瞧,这都是个什么事?老天咋就不让我死,如果死了也是享福啊。"说着,刘月英眼角就红了。

"你这叫啥话哩,好死不如赖活着啊!"

"老嫂子,就是拖累了孩子们啊!"

"你这病好多啦,人活个精神,精神好了身体就会好的。你要强了一辈子,也该放松放松啦。"快嘴大娘劝道,"对啦,嫂子,你知道小拉八的事吗?"

"咋的?"

"那孩子好多日子不见啦。"

"不是有个亲戚发了财把他接走了吗?"刘月英疑惑地问道。

"要真是这样就好啦,有人说他在外要饭时被人打死啦。"

"唉,这种事可说不准。"两个老人摇了摇头,叹了几口气。

(三)

过了不几天,人们在村外一间看坡的小屋里发现了小拉八已经僵硬了的尸体。有人说是饿死的,有人说是病死的,反正是死

144

了。小拉八的亲属送他去火化，为他办理了后事，将骨灰用瓦罐一装，埋在墓地里。对于他的死，就像一块小石子掉到水里一样，没有泛起什么涟漪，村里人除了叹息几声外，很快就沉寂无声了。倒是陈金花连着多日茶饭不香，打不起精神，提不起胃口，像有什么东西堵在心口，浑身难受。她一直觉得小拉八可怜，其实，死对小拉八来说未尝不是一种解脱。

又到了梨花盛开的季节。

梨花湾最美时分是黄昏，映照在山头盛开的梨花上的晚霞一片绯红，喧哗了一天的梨花湾逐渐沉寂下来，加之微微吹来的懒洋洋的春风，给小山村平添一份温馨。

陈金花站在老梨树下，晚霞漫过树顶，给老梨树镶嵌了一身鎏金的光彩。

经过岁月洗礼，陈金花不但没有倒下，反而更加健壮和坚强，就像度过严寒的小草，重新焕发勃勃生机。她从一个弱不禁风的小女子成长为一个成熟的少妇，就像金蝉一样褪出了束缚它的外衣，亮出了羽翼，准备开始新的生活。随着时光流逝，她心中对一山的依恋却越来越强烈，渴望见到一山，渴望靠在他那宽厚的胸膛上，渴望在一山火热的躯体上舒展筋骨。她已打定主意，除了一山她是不会再嫁人的。

"儿子明天就满十岁了，宝贵他爹，你若在天有灵，让孩子快点长大吧！"陈金花在老梨树下喃喃自语，又面朝老梨树许了个愿,"梨树神,梨树神,快让我儿子健康、快乐、强壮吧！梨树神,您若有知,就保佑我的孩子吧！"

翌日,风和日丽。老梨树绽开了满树银花,风吹过,飘香十里。

陈金花起了个大早,给儿子烙了两个烧饼,让小宝贵中午在学校吃。又下了一碗鸡蛋荷包面,才把儿子从酣睡中叫醒。

"娘,这么早叫我呀。"儿子伸个懒腰,一骨碌爬了起来。

"不早啦,饭都快凉了,还得上学去。"

"好吧。"儿子麻利地穿上衣服,系上鲜艳的红领巾,去猪圈拉了一泡屎,回来掀开锅说:"娘,今天是什么好日子,做这么好吃的饭。"

"今天是你的生日,放了学早点回来。"陈金花看着儿子,喜在心头。儿子长到十岁,对于从小没有爹照顾后来失去爹的小宝贵来说,不是件容易事。陈金花看到儿子没有辜负自己的期望,越来越懂事,感到很欣慰。这孩子这么小就知道自己的家庭和别人家不一样,知道自己照顾自己,知道用功学习,知道给娘争气,每次考试不是第一就是第二,早早地加入了少先队。

"慢慢吃,时间还早呢。"看着儿子吃得那个香,陈金花心里别提多高兴啦。

"娘,我吃饱了,我走啦。"小宝贵放下碗筷,背起书包,一边往外走,一边说。

"路上小心点,别跟人家打架,早点回来！"

"知道啦。"小宝贵一溜烟跑远了。

陈金花摇摇头,笑着进了屋,将屋子收拾了一下。

今天是下洼镇集,她要去赶集买点香,再买点宝贵爱吃的菜,晚上给他好好过个生日。

她这样想着,便锁上了门。

"大娘,您干啥哩?"刚出村头,正好碰上快嘴大娘,陈金花便忙着和大娘打招呼。

"我到鱼塘转了转,喂了点鱼食。"快嘴大娘见到陈金花,掩饰不住心里的高兴,脸上笑开了花,"她嫂子,去赶集?"

"是哩。大娘,今天宝贵过十岁生日,我想去买点菜。"

"宝贵过生日?好啊,我晚上也过去凑个热闹。"大娘高兴极了。

"那赶情好,大娘,您来了宝贵准高兴坏了。"

"对啦,我拿条大鱼给小孙子尝尝,他今年还没有吃过鲜鱼呢。"

"不用,大娘,我从集上买吧。"

"买啥,咱这么多的鱼,还是活的,买的不新鲜,不好吃。"大娘直嚷嚷。

"好哩,大娘。"陈金花也就不再客气了。

（四）

生活是一块平板,爱情和事业是两根台柱,缺一不可,互相依赖,如砍掉其中一根另一根就会发生倾斜。一山最近像个哲学家似的,经常思考这些问题。对于一山来说,真正的爱情已经死去,而事业对他来说,也没有多大起色。他之所以一直在想这个问题,只是为了追寻他最终要走的路。他清楚地知道,自己已过而立之年,还一无所有,面临着家庭、社会及环境的多重压力,有什么理由不刻苦学习拼命工作呢?他更清楚地知道,在貌不惊人、技不压众、语不惊座的他身上,如果放弃了文学上的追求,就等于放弃了生活,放弃了生存权。同时也愧对他丰富的情感和坎坷的人生,愧对生他养他教他生存之道的父母亲人,愧对含恨离去的赵芳姑娘。

爱情是什么?多年来哲人、文人争论不休。一位无名氏这样说过:"爱情是一种美好的憧憬,是现实生活中没有也永远不会有的东西。"概括一山的心路历程,大约可以从游戏、徘徊、痛苦、觉醒几个方面来形容。几年来,一山忍受着前所未有的心灵折磨,思想和行动上发生了质的变化。一山过去的爱是盲目的、毫无意义的,也许是柏拉图式的空想,可悲的是一山并未意识到这一点,才导致了爱情的悲剧,等到失去时才感到那份感情弥足珍贵。

小拉八的死讯给他带来很大震动,让他扼腕叹息。感叹生命的脆弱和无常, 震惊在现在这样好的社会里还有这样的悲剧发生,有时候竟然后悔小时候不该把他从深水里救上来。

　　这些日子,杨琪经常打电话来约他,都被他拒绝了,本以为已经做通了她的工作,没想到她依然那么情深意长。这未了的情、未结的账使他心烦意乱。

　　这天,他一听是杨琪的声音,便按捺不住问道:"杨琪,你到底是什么事? 什么时候能放过我? "

　　"张一山,我告诉你,我是不会放过你的! "

　　"又怎么了? "

　　"你自己清楚! 我问你,你回家结婚了吗? "

　　一山心里"咯噔"一下,他明白她知道了真相,看样子她找他的老乡了解了情况。

　　"你知道不知道,为了你这个谎,我差一点死去。你不爱我可以,为什么要骗我? "她说着说着哭了起来。

　　"琪……你听我说……"一山拖长声调,夹杂着几分乞求。事情到了这一步,他真怕她会做出丧失理智的事情,毕竟是三十岁的人了,出了事对谁都没有好处。他耐心地向她解释:"我不是骗你,也只有这样才能使你对我死心。再说,我真的心有所属,请不要再烦我了好不好? 算我求你了! "

　　"你这个可怜虫! 懦夫! 我早已不会哭了。我杨琪也不只是个

149

哭哭啼啼的女孩,我已经变了!"

"那就祝福你了,你的转变使我很高兴。"一山逐渐恢复了玩世不恭的态度。

"你别得意得太早了!过几天我去找你,我会舍得工夫的!"

"你这人怎么这么无聊!"一山真急了。现在他上下关系处理得很好,工作很有起色,他不想让人说三道四。

"你要知道,你套在我脖子上的上吊绳还没解开!"

"那随你便!"一山挂断电话,"呼哧呼哧"地喘着粗气,心中有几分后怕。自己种下的苦果自己不尝让谁来消受?他便想向宣传科长汇报一下,商量一下解决办法。

也许,这不过是她的一时气话而已。一山又想。面对一个变了心的男人,但凡有一点自尊心的女人也不会乞求那不属于自己的感情,不管这人有多潇洒,有多可爱。不过爱有多深,恨就有多深。感情纠纷的结局很难预料。

果然,杨琪来了,在一个星期天。这个时候一山正在科里加班写一份材料。她来的时候穿着一身的雪白,剪短的头发给人一种全新的感觉。短暂的沉默和惊讶后,一山还是热情接待了她。

"走吧,咱到外面说话去。"说了几句干巴巴的客套话后,一山把手头的材料一放站起身来说。

"来客人了?"宣传科长从外面走了进来。

"科长来了?"一山脸一红,赶紧向科长做了介绍,"科长……

这就是我跟您说过的杨琪。杨琪,这是我们科长。"

"科长您好!"杨琪握住了科长伸过来的白胖胖的手。

"听说过你们的事,坐会儿,咱们聊一聊。"科长极其热情。

等杨琪拘谨地坐下,可能是喝了酒的缘故,科长好一番发挥,唾液横飞。即兴演讲是他的拿手好戏,何况是面对这么一个俊俏姑娘。不过还好,他讲的话都是站在一山的立场上,似乎并没什么失礼的地方。什么爱情的辩证法了,什么面临的实际困难了,对各种情况的分析了,对改革的形势及以后的出路了,他讲得头头是道,口若悬河,让涉世未深的杨琪听得目瞪口呆。

科长讲得很有道理,但在一山听来觉得有点小题大做。他相信科长此时已把此事看得比天还大,这还了得,一个痴情的姑娘会被逼上绝路的。科长直到口渴了才停下,但仍意犹未尽地说:"好好想想我说的对不对?"

"你说得虽对,但我总不甘心。假如张一山早一点对我说这些的话,我想我不会让他为难的。"

"人的思想都在不断变化成熟之中,当时他并没有现在的阅历和思想,也许以前他对你说过他爱你,但只是一种不成熟和不负责任的表现,只要你现在明白就好了。"

"张一山,我可以放弃,但你会后悔的,你找遍全世界也找不到另一个像我这样爱你的女孩!"杨琪抹了一把泪,高仰着高贵的头颅,心情落寞地走了。

一山没有送她,他心口隐隐作痛,甚至有一丝失落感。

"好好干,一山,你会有出息的!"科长拍一下他的肩膀,晃着有点发福的身子走了。

(五)

李顺利去镇上开退休老干部会,过了中午还没回来。把快嘴大娘急得坐立不安:自己一个人怎么到鱼塘里拿鱼呀?

"这个死老头子,肯定又到哪个老朋友家里去喝酒了。"快嘴大娘心里着急,嘴上就唠叨出来。

看看实在不能再拖了,大娘决定让张老憨帮忙。小拉八活着的时候,经常让他来帮忙拿鱼,小拉八别的不能干,拉个网却很在行,现在只好找张老憨了。想起小拉八,快嘴大娘心里不是个滋味,不管怎么说,这也是条命,虽然他活着很艰难,但是老话说得好:好死不如赖活着呢!

快嘴大娘于是带上几副吊网,喊上正在晒太阳的张老憨,就到鱼塘去了。

快嘴大娘和张老憨来到鱼塘边,两人配合着在鱼塘中央位置上扯上吊网,鱼儿碰上准跑不了。

这道网布好后,快嘴大娘又让张老憨到上游再布上一道网。这样,水中就有了两道网。

"大兄弟,过来拉会儿呱。"一切摆设停当,快嘴大娘朝张老憨喊道。

"什么?"张老憨毕竟年纪大了,耳朵不太灵。

"过来歇歇——"

两人就在东岸一处较为平坦的地方坐下,张老憨掏出自己的旱烟袋,从腰里抽出烟袋包,撺上一锅烟说:"老嫂子,你说我们这辈子,活得不易啊!"

"是哩。"

"像我们这样子,白活了一场。"

"哪能这样说,你看你不是挺好的,儿孙满堂,红红火火,你看看我……"快嘴大娘说到伤心处,眼角发红,"虽说孩子们都有出息,但没有个孩子在身边。"

"这是您有福不会享呢,我听说孩子们早就想接你俩去城里住,你们不去呢。"张老憨有点羡慕地说。

"在农村住习惯了,去城里住不习惯呢。"快嘴大娘有些骄傲地说。

"就是,哪里黄土也埋人哩。去城里住,邻居都不熟悉,也说不上话,大家各忙各的,寂寞着呢。"张老憨接过了话头。

"我觉着还是咱村里住着舒坦,乡风好空气好什么都好。再说,孩子们都在城里上班,忙着哩。"快嘴大娘乐呵呵地说。

"要说这话,就是两难着哩。孩子有出息了,也不一定是好事,

153

可没出息吧,又不甘心。"张老憨吧嗒一下嘴说,"现在生活变了,改革开放了,孩子们都出去了,以后农村就剩下老人了。"

"我们就在这里凑合着过吧。住了几十年,习惯了。原先哪,我们那口子在单位也挺厉害的,但现在你看他多闲。"大娘苦涩地说,"年轻的时候吧,我说留个孩子在身边,不让他们都跑远,他死活不让,说不能耽搁了孩子们前程,现在老了,他又不愿意去孩子们身边,好在现在还有我们老两口做伴,如果哪天我先走了,他咋办啊?"

"可别这么想,你的身子骨硬朗着呢。再说了,真到了那一天,孩子们会回到身边的。"张老憨说完这句话,怕勾起老人想孩子的心事,赶忙转移话题说,"对了,老嫂子,你的病没事了吧?"

"县医院的医生说了,没有像我恢复这么快的,都怀疑当时给我诊断错了。哈哈。"说到这里,快嘴大娘禁不住笑了起来。

"就是啊,吉人自有天相,有老天爷保佑着呢!"

"是啊,所以说我还比较知足哩。就是不如你的孩子们多数在身边热闹。"

"老嫂子,人比人得死,货比货得扔,像你们这样的生活,在农村里就是数大拇指头的,多少人在羡慕啊!"张老憨深吸了一口烟说,"再说了,真到老了那一天啊,全村人都会照看哩,全村人都念你们的好哩,那时候孩子们也会想办法回来的。"

"可这人老啦,就想孩子,就想有个孩子在身边哩。"

"是哩。"

"也不知是咋啦，我就对宝贵好。大兄弟，不瞒你说，我晚上有时候想这孩子都想得睡不着觉。"

"这孩子不容易。"

"人行好得好，我行了一辈子好，心里满足着哩。"

"是啊，老嫂子，全村人都记挂着您哪。"

"就是，我知道哩。所以我和老头子拼命养鱼，那钱我都攒着呢，准备秋收完了在咱村里盖个小学校，已经和村支书商量了，不能让这些年幼的孩子跑好几里路上学啦。"大娘说这话的时候，抬眼注视着波光粼粼的水面，充满着柔情。

"那可是件大好事，老嫂子，以后我就来帮着干点活吧，我也不要工钱，让我找个事干，要不我就憋坏了。怎么说我的身体还算硬朗，比你强多啦。"

"那感情好。"

俩人正谈得热乎，就见渔网动了一下。

"大兄弟，你到那边去，咱们把网拉起来看一看。"

俩人忙活了一阵，网了一条小鱼，不足半斤。

"这鱼太小啦。"大娘从网上摘下鱼，又扔到水里去，绿油油的水面荡开一圈圈涟漪。

俩人又在一块唠了半天嗑。

太阳不觉西斜。

"今天咋了,这鱼咋就不进网？老头子到现在也没回,娃子该放学啦。"快嘴大娘着急地说。

"咋的？"

"今天是宝贵生日,所以我要拿两条大鱼。"

"小孩子生日不当紧,没鱼也就算了。"

"不! 大兄弟,你到上游去往水库里扔石头,一路扔过来,把鱼轰一下,我在这里守着。"

张老憨微驼着背,拿着烟袋往上游走去。

夕照如火,映红西方天际,就像涂上了鲜血。

"今天怎么啦,连条鱼也拿不着,真是老了不中用啦。"快嘴大娘嘟囔几句,站起身来。

"奶奶——"小宝贵站在大堤上喊道,"您在干什么？"

"娃,我在拿鱼给你吃,今天你过生日。"大娘高兴地喊道,"你放学啦？"

"噢。"

"怎么没见到那几个孩子？"

"老师把他们留下做作业,我做完作业先回来啦!"

"那你快回家吧。"

"我要帮你忙。"

"不用,你快回家吧,你娘等你哩。"

"没事,我在您这里娘放心。"宝贵说着便飞也似的从坝上往下溜。

"哎,小心!"

"知道啦。"

正说着,渔网动了几下。

"有鱼啦。"快嘴大娘喊了一句,便往网边走去,没想到有一块斜出来的石头绊了一下,她一个趔趄跌到水里去了。

"奶奶!"小宝贵慌了,歪歪斜斜顺着堤沿跑过来。

"宝贵,别过来!"快嘴大娘在水库边扑通,越扑通越往里滑。

"救命啊! 奶奶落水啦!"小宝贵大声喊道,夹着哭声的沙哑的童音撕裂了小村的宁静。

附近并无人影,张老憨在上游没有听到。

快嘴大娘还在水里挣扎。

小宝贵急得左蹦右跳,去年感谢刚教他游水,救奶奶还不行。看到奶奶在水里一沉一浮,小宝贵闭着眼睛跳下了水。但他人太小啦,根本就不知该怎么做,他在水里扎了个猛子,钻到快嘴大娘身边。

快嘴大娘露了一下头,用手把小宝贵往岸边推,却把小宝贵带到了更深的地方。

小宝贵吸了一口气,说:"奶奶我救你!"便沉到水里,用幼小的双手把快嘴大娘往外拱。

快嘴大娘在慌乱中,竟然借了点力扑通起来。

宝贵这时来不及换气,也不会换气,已在水里大口大口地喝水了。他硬是把大娘又往外推了一下。

快嘴大娘在慌乱中抓住了漂在水面吊网上的尼龙绳,居然浮了起来。用尽全身气力大声呼喊:"救命啊!救命啊!"

这时候,张老憨从上游过来了,他隐隐约约好像听到有个小孩在喊什么,但他眼神不太好,没发现岸上有人。这时候听到快嘴大娘喊声,才发现快嘴大娘漂在水上。张老憨像疯了似的跑过来,跳入水中,把大娘推上岸。

大娘气喘吁吁,说不出话来,只是把两只手往水里指着,那表情非常吓人。

张老憨往水里看看,不明白是怎么回事。

"救,救……救……宝贵!"大娘断断续续地说。

"宝贵?"张老憨似乎不大明白,但看到大娘的表情和手势,朝水深处走去。这时候,水面已趋于平静,没有任何异常。

"宝贵在水里!"大娘终于说出话来,随即号啕大哭。

这时候不少人围过来。

张老憨大吃一惊,跃入水中,有几个青年也下了水。找了一会儿,才将陷在淤泥的小宝贵救上岸。

水库边已聚集了很多人,有人飞跑着去找赤脚医生,有人去通知陈金花。

小宝贵脸上全是淤泥,满脸乌青,已经没气了。

"老天啊，这可让人怎么活啊——"大娘的哭声凄惨，让人肝肠寸断，"天老爷啊，你怎么这么不公平啊！怎么就不让该死的人死啊！我是个废人啊！"

凄厉的哭声穿过梨花湾上空，让人撕心裂肺。

张老憨将小宝贵倒过来，扛在肩头上，给他控水。

"大爷，该给孩子做人工呼吸。"有一青年刚赶过来，对老人说，他把孩子接过来，用双手在孩子的小胸脯上反复摁着，又嘴对嘴给他吹气。

"快送医院吧。"有人说。

"对！"一个青年抱着小宝贵站起了身。

张老憨想起什么似的，把孩子接过来，就往下洼镇医院跑。这时候，村里的赤脚医生刚好从下洼镇回来路过这里，他堵住张老憨，给孩子试了试脉搏，听了听呼吸，叹了口气，摇了摇头。

四石匠正好放牛路过，说别忙，把孩子弄过来。众人七手八脚地将小宝贵卧着放到黄牛身上，四石匠说，"一边一个青年扶好了，"说着，他将手中的放牛鞭朝牛屁股猛地一抽，黄牛受了一惊，撒开四蹄跑起来，一会儿工夫，便见小宝贵的嘴角开始往外流水，又过了一会，就像往外喷一样。但是，小宝贵的身体还是没有任何反应。

赤脚医生赶了过来，对四石匠说："算了，这孩子没救了，他是呛了水，这个土办法是没用的。"

（六）

一个稚嫩的生命夭折了。

正是梨花飘落季节。

王宝贵的葬礼异常隆重。

小村所有的人全都来了，聚集在老梨树下，人们用沉默表达着心中的哀痛。

只有风在呜咽，只有小河在呜咽，只有老梨树在呜咽。

陈金花已经麻木了，不知什么是悲痛，也不知什么是感觉。就那么木呆呆地站着，村里几个妇女搀扶着她。

村支书得知小宝贵为救快嘴大娘而失去了年幼的生命，感到这是一个特别能引起轰动的典型，要往上报。村里老人坚决不让，说生死由命，生者不应该打扰死者，让小宝贵一个人静静地长眠吧。

村委会和村里几个有威望的老人在一块议了议，决定为小宝贵在老梨树下开个追悼会，举行葬礼，只因他是小村中最年轻的因见义勇为而殒身的人。

四石匠又一次主持了葬礼。

王感谢早早把刘月英背到老梨树下坐着，老人的双眼只剩下两道浮肿的缝，内心麻木得像一块石头，两片薄薄的嘴唇吐出一口一口的气。

快嘴大娘、李顺利、张老憨等已经不会流泪了。从昨天到现在只觉得老眼浮肿，心口憋闷。他们都说是自己害了宝贵。他们心中的苦痛又能对谁说呢？

二山、月亮、感谢、二河等也都哭得像个泪人似的。

风吹过，梨花一片一片飘落，落到人们的头上、身上洁白如雪。

从昨天起，全村就处于一种静止状态，所有的喧嚷、所有的活动全部停止，人们用沉默来表达对小宝贵的思念和感激。

宝贵小小的骨肉埋在老梨树下，经全村人同意，王得发的骨灰也迁到这里。小宝贵是小村几十年来唯一不用火化的人。在这里有他父亲相伴，有众乡亲为伴，小宝贵想必不会寂寞。

村里出面在老梨树下立了一块石碑，上面刻着：梨花湾的好儿子王宝贵。

小宝贵的离去对陈金花打击太大了，她赖以支撑的精神支柱倒塌了。在知道消息那一刻，她唯一做的就是抱着儿子的小身体往水库里跳。从那时起，陈金花的身边便由二河、月亮以及一山同学李兰玉等妇女时刻相伴。

人死不能复生，这个道理谁都明白。

"我就是这命，宝贵也就是这命。"时间能淡化一切，几天后陈金花慢慢清醒过来，喃喃地说。村人们常来她家里，对她寄予无限同情。

"老少爷们,大娘大婶,您们回吧。我知道大家对我的情意,我代表儿子谢谢大家!"陈金花坐在炕上,面无表情地说,"请大家放心,我不会有事的,我总得活着。我真要去了,宝贵和得发也不会高兴的!"

"是哩。"大家七嘴八舌道。

"这孩子该当,就是这命。从小听话,就那么乖,回家像个小大人似的,做一些力所能及的事。放了学就回家,帮我到地里拔草,把地里的小石头、小土坷垃一块一块扔到地外去。给庄稼上个化肥、掰个玉米棒、摘个花生什么的,从小就跑前跑后不知道累,也不闲着。没爹的孩子成熟得早啊。"陈金花心都碎了,眼泪止不住流下来。

"孩子,别哭啦,再哭,孩子也回不来啦。"有人劝道。

"让她哭吧,哭出来心里就好受些,也就没事啦。要不,非憋出病来不可。"她这一哭,有经验的人放了心,泪水能冲淡她的悲伤。

"有一次我病了,浑身一点劲也没有,躺在炕上两天。正好星期天,宝贵就去把赤脚医生叫来。到了吃饭的时候,看着哼哼唧唧的我,就问我:'娘,你吃点什么?'这么小的孩子,他就懂事啦。他伸出那个小细胳膊,就这么细。"陈金花用衣袖擦着脸上的热泪,用苍白的右手比划一下,像《祝福》里的祥林嫂一样地说,"挎着个小篓子,里面一点点玉米,跑到下洼镇去磨成面。还有他叔给他买本子的一元钱,称了一斤油条回来啦。你说这么小的小孩他懂什么?他才十岁啊,十岁的小孩啊!没承想连个生日也没过去啊!"

闻者莫不落泪。

"人,总得活着。"陈金花擤了一下鼻涕,擦去脸上的泪,咧嘴一笑,笑得那么惨然。

尾 声

不觉又到了收获季节,全村的人都忙着秋收,彼此之间少了许多闲话。

生命轮回,生老病死,人的命数不以人的意志为转移,有的人长命百岁,有的人中途逝去,有的人少年夭折,不管是多大岁数,来到这世界一次,不给世界添麻烦,不给人间造孽,亲眼看看五颜六色的世界,品尝了生命的美好,也就没有白走一遭。不管是达官贵人还是平头百姓,自有自己生命的价值。王宝贵的生命价值就在于给世人留下了见义勇为的精神,留下了人性中最美的善。

所有路过老梨树的人都会记住梨花湾有个王宝贵。

老梨树彻底地衰败了,掉尽了身上的枝蔓和没有成熟的苦果,剩下一身苍老得化石模样的躯干,饱经岁月的沧桑后,它的生命即将走向终结。

"梨树爷爷老啦!"村里的孩子叽叽喳喳。

"生命自有劫数!"村里上了岁数的老人叹息着。

快嘴大娘前些日子癌细胞扩散,老人不愿再住院,没过多少日子便撒手人寰,撇下李顺利追随王宝贵幼小的生命去了。

终于有一天,李顺利和村里几个老人在一块议了议,征得村

165

里同意,在老梨树旁盖了一座学校。

一个月朗星稀的晚上,梨花湾的空中升起一团红光,老梨树在熊熊火焰中化为焦灰。一阵风刮过,那灰就飘飘扬扬去了遥远天际。

不管生活如何让人透不过气来,可这生活总得过。

日子就这样一天一天过去,很快大半年过去了。

来年春天,在老梨树根旁,紧挨小宝贵墓碑,萌发出一根翠绿的梨树新芽,直直地伸向天空,倔强而有力。

村里人说,这是梨树神又来了,再次延续着老梨树的生命。

这天天空一尘不染,和风微微吹着。陈金花一大早来到自己的花生地里翻土。她脸色平静,似乎忘记了伤痛,但那狠狠落下的镢头分明暴露了她内心的秘密。

"金花,我来帮你。"一个深沉的嗓音响起,不知啥时一个男人站在了她背后。

陈金花一个激灵,镢头掉到地上。凭着那熟悉得令人心疼的声音和味道,她知道来人是谁。她僵在那里,一动也不动。

一山绕到她前面。陈金花弯腰拾起镢头,朝空中狠命一抡。

"你砸吧,我不会让开的。"一山平静地说。

"你——"

"我!"

"你!"陈金花眼角涌上大颗大颗泪水。

"让我帮你，虽然晚点，但我还是来啦！"一山走过去，接过陈金花手中的镢头。

陈金花呆呆地看着他。从二河姑娘那里她已经知道一山准备辞职回家，没想到这么快。

一山脱掉外套说："咱村的小学已经准备开学啦。以后我一边教书，一边种地，一边写一本关于你的书。"

陈金花愣在那里，一动也不动。

一山的臂膀依然是那么强壮，那么有力。阳光铺洒在上面，反射着耀眼的光芒。